KB115020

이오덕 마음 읽기

이오덕 마음 읽기

펴낸날 2019년 7월 15일
기획 숲노래
지은이 최종규

펴낸이 조영권
만든이 노인향, 백문기
꾸민이 토가 김선태

펴낸곳 자연과생태
주소 서울 마포구 신수로 25-32, 101(구수동)
전화 02) 701-7345~6 **팩스** 02) 701-7347
홈페이지 www.econature.co.kr
등록 제2007-000217호

ISBN : 979-11-6450-001-7 03810

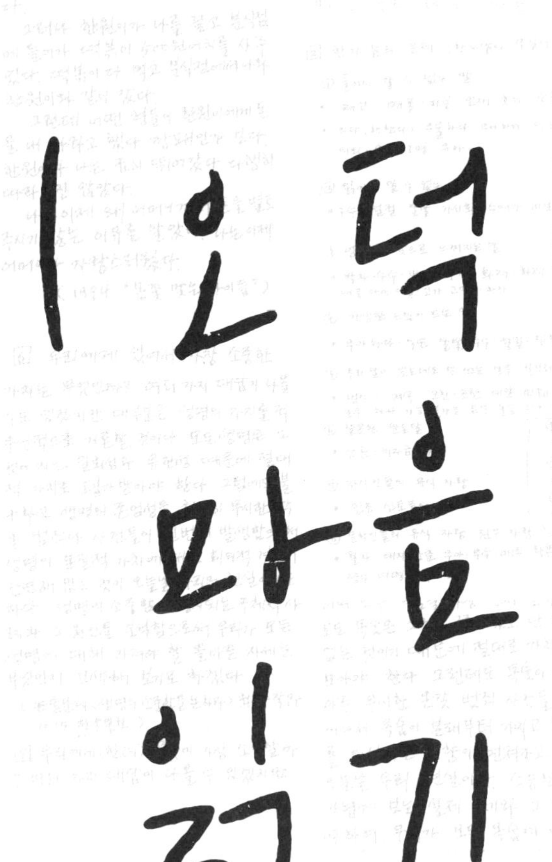

숲노래 기획 · 최종규 지음

자연과생태

일러두기

- 이오덕 님 책들을 열 가지 모둠으로 나누고, 그 가운데서 보기책을 한 권씩 뽑아 그런 책을 낸 뜻을 살펴보았습니다. 열 가지 모둠과 보기책은 다음과 같습니다.

  1. 동시·동화_《까만 새》
  2. 참교육_《삶과 믿음의 교실》
  3. 삶글_《나무처럼 산처럼 2》
  4. 어린이 글쓰기_《어린이를 살리는 글쓰기》
  5. 어린이 글모음_《우리도 크면 농부가 되겠지》
  6. 어린이 교육 비평_《울면서 하는 숙제》
  7. 청소년 글쓰기·문학_《무엇을 어떻게 쓸까》
  8. 교육 비평_《내가 무슨 선생 노릇을 했다고》
  9. 시·일기_《이오덕 일기》
  10. 말·사전_《우리글 바로쓰기》

- 사진은 이오덕 어른 큰아들인 이정우 님한테서 받거나 글쓴이가 손수 찍어 실었습니다. 윤주심 님을 비롯해 여러 고마운 분이 찍으신 사진에는 따로 찍은 분 이름을 밝혔습니다.

- 보기책에서 뽑은 보기글은 모두 이오덕 어른 식구들하고 여러 출판사에 말씀을 여쭙고 허락을 받아 실었습니다.

- 열 가지 모둠에는 보기책 말고도 어느 책이 더 있는지를 알 수 있도록 모둠마다 끝에 그 여러 책들 사진하고 서지사항을 실었습니다.

- 이 책에 실은 글은 앞서 잡지 〈퀘스천〉에서 한 해 동안 자리를 내주어 고맙게 풀어낼 수 있었습니다.

차례

여는 말: 쉽게 생각하지 말아요

2012년 12월 25일에 쓴 글이 있습니다. 이 글을 여는 말로 삼고 싶습니다. 그때 미뤄 두었던 긴 글이 바로 이 책이기 때문입니다.

나중에 긴 글을 따로 쓸 생각인데, 긴 글에 앞서 조금 다른 이야기를 써야 한다고 느껴, 두 아이 재운 깊은 밤 곰곰이 생각을 기울여 꿈을 꾸다가 슬그머니 일어난다.

적잖은 이들이 이오덕 님 《우리글 바로쓰기》라는 책을 읽는다. 그런데 막상 이 책을 읽고 나서 무엇 하나 제대로 배우는 이가 드물다. 이 책을 읽은 이들은 이녁 나름대로 책을 꼼꼼히 읽었다고 생각하는 듯하지만, 책은 꼼꼼히 안 읽어도 된다. 무엇을 밝히는 책인지 찬찬히 아로새겨서 내 삶으로 어떤 이야기를 받아들여 슬기와 넋을 빛낼 때에 아름다운가를 깨달으면 된다. 그러니까, 적잖은 사람들이 《우리글 바로쓰기》를 읽으면서도, 또 읽고 나서도, 스스로 우리글 바로쓰기를 못하는 까닭이라 한다면, 꼼꼼히 줄거리를 살피고 이야기를 좇기는 하지만, 스스로 말삶·글삶·생각삶·사랑삶·일삶·놀이삶을 어떻게 다스려야 하는가를 느끼지 못하기 때문이라고 본다.

너무 마땅한데, 말마디와 글줄만 바로쓸 수 없다. 삶을 바로세울 때에 비로소 말과 글을 바로세운다. 지난날 몇몇 독재자가 한글전용을 외치기는 했으나, 그들이 외친 한글전용이란 한글로 담는 한국말을 알차게 가다듬어 쓰기가 아니라, 말을 담는 그릇인 글만 한글로 적는 시늉에서 벗어나지 못했다. 게다가, 아직도 한국사람 스스로 '한글'과 '우리말'이 어떻게 다른가를 가누지 못하기까지 한다.

사람들이 책을 너무 쉽게 생각한다. 첫 쪽부터 마지막 쪽까지 쭉 훑으면 책읽기가 되는 줄 잘못 안다. 이른바 통독을 한대서 책읽기가 되지 않으며, 통독 여러 차례 한대서 책읽기라 하지 않는다. 한 줄을 읽더라도 알맹이를 짚어 내 것으로 삼켜야 책읽기가 된다. 한 줄조차 슬기로이 깨닫지 못하고서 한 권을 다 읽는들 무슨 덧없는 짓일까.

책읽기는 무겁지도 가볍지도 않다. 내 삶에 맞추어 즐길 책읽기다. 사진찍기나 글쓰기, 살림하기와 아이키우기도 이와 같다. 훌륭하게 잘 해내야 할 무엇이란 없다. 스스로 사랑을 기울여 즐길 삶만 있다. 책을 내 삶으로 여겨 하나하나 알뜰살뜰 맛난 밥상 차려 먹듯, 슬기로우며 즐겁게 이야기빛을 누릴 노릇이다.

그러면, 이오덕 님 《우리글 바로쓰기》는 어떤 책인가. 아직 한국말을 옳거나 바르거나 슬기롭거나 아름답거나 똑똑히 헤아리지 못하는 사람들이 이 책을 선불리 통독하면 하나도 못 배우는 책이다. 하루에 다섯 쪽 읽어도 많이 읽는 셈이다. 하루에 두어 쪽씩 천천히 읽으며 스스로 생각을 기울여야 한다. 뒷줄거리 궁금해서 빨리 넘기는 소설책하고 다르다. 지식이나 정보를 다루는 책이 아니니까, 이 책에서 다루는 이야기는 천천히 곰삭혀야 비로소 내 것이 된다.

성경책을 통독한다지만, 정작 성경책이 들려주는 목소리를 슬기롭게 깨우치는 사람은 많지 않다. 성경책은 굳이 안 읽어도 된다. 삶을 헤아리도록 도우려는 책인 만큼, 내 마음을 읽을 줄 알면 된다. 내 마음이 부르는 소리를 들을 줄 알면 된다. 이러고 나서 우리 식구 마음을 읽고, 우리 이웃과 동무 마음을 읽으면 된다.

이른바 양심이라고도 하는 마음을 읽을 노릇이다. 곧, 스스로 우리 착한 마음, 우리 참다운 마음, 우리 고운 마음을 읽으면 된다. 착함과 참다움과 고움은 어디 먼 데에 없다. 바로 우리 마음속에 있다. 마음읽기를 할 수 있다고 느끼면, 비로소 종이책을 손에 쥐어 이웃이 다른 삶을 일구며 적바림한 마음을 알알이 담은 책이 어떠한 빛인가 하는 대목을 읽으면 된다. 마음을 읽는 책이라고 깨달으면 책읽기가 쉽지만, 마음 아닌 다른 지식조각이나 정보덩어리를 생각한다면 책읽기는 그저 어렵기만 하다.

더 많이 읽는 이웃님보다 더 즐겁게 읽는 이웃님이 사랑스럽다고 생각합니다. 더 많이 아는 동무님보다 더 기쁘게 웃고 노래하는 동무님이 아름답구나 싶습니다. 더 많이 가진 벗님보다 더 환하게 살림을 짓는 벗님이 반갑습니다.

이오덕 님 책을 읽은 사람, 이오덕 님을 말하는 사람이 꽤 많습니다. 그런데 이오덕 님 책을 너무 쉽게 읽어 치우지 않나 하고 여쭙고 싶습니다. 이오덕 님을 얼마든지 말해도 뜻있습니다만 너무 한 가지 모습으로만 말하지 않는지 여쭙고 싶습니다.

이오덕 님이 남긴 숱한 책 가운데 열 가지 책을 바탕으로 이야기를 엮어 봅니다. 이오덕 님한테서 즐겁게 배우면서 새롭게 돌아볼 대목을 함께 찾아나서고 싶습니다. 떠난 어른이기 때문에 얼굴을 맞대고 여쭐 수 없습니다만, 궁금한 이야기를 수수께끼 풀듯이 가만히 하늘에 대고 물어보면서 실마리를 찾아보려고 합니다.

삶을 노래하면서 살림을 짓는 마음으로 이오덕 님 책을 새로 읽어 보았습니다. 꿈을 그리면서 생각을 짓는 손길로 이오덕 님 책을 하나하나 되읽었습니다. 사랑을 지피면서 책을 짓자는 꿈으로 이오덕 님 책을 살며시 쓰다듬으면서 가슴에 품어 봅니다.

사전 짓는 책숲, 숲노래에서

2019년 7월 최종규 적음

어린이 마음이 되어 쓴
시 한 줄

《까만 새》 1974.11.15. 세종문화사. 동시

〈씨앗을 뿌리며〉

깨어나라, 너희들을 두꺼운 벽 속에 가둔
그 모진 계절을 쫓아 버릴 때는 왔다.
포근한 어머니의 품속에서 눈뜨는 병아리같이
너희들은 마지막 찬란한 꿈의 설계를
어머니의 가슴 따스한 땅에 안겨 완성하고
그 두꺼운 문을 열어제끼고 환한 세상으로
소리쳐 나오너라.
너희들을 기다려 해님은 그 먼 나라에서
따스한 입김을 보내 주고
별들은 빛나는 이슬들을 마련하여
밤마다 기다리고 있단다.

저는 2001년 1월 1일부터 어린이 국어사전을 짓는 일을 했습니다. 이 일은 2005년에 마무르기로 했으나, 그만 2003년 8월 31일에 이 일을 그만두었습니다. 어린이 넋과 삶과 꿈을 살찌우는 새로운 국어사전을 짓는 틀이 사라졌거든요. 저로서는 새로운 어린이 국어사전을 짓는 길에 한몫을 다하려고 즐겁게 편집장·자료조사부장으로 일했습니다. 그러나 이익을 얻어야 하는 출판사 살림으로서는 세 해째에 이르는 밑자료 모으기·올림말 가리기·기획 모임·교과서와 어린이문학 글월 살피기 같은 일을 견디어 주지 않았습니다.

어린이 국어사전 짓는 일을 그만두기로 하면서 이 나라 책마을에 고개를 떨구었습니다. 왜 다섯 해를 끝까지 못 기다리고 이태 반밖에 안 된 때에 이 길을 가로막아야 하는지. 그러나 곧 달리 생각했습니다. 적어도 어느 출판사 한 곳은 이태 반씩이나 아무 보람(결과물)이 없다고 여길 만한 날을 진득하게 참고 지켜보아 주었다고 여기기로 했습니다.

2003년 8월 마지막 주에 인수인계서를 다 쓰고 아무 할 일이 없었습니다. 이때에 저는 아침 일찍 어디에서 온 전화로 이오덕 님이 돌아가셨다는 이야기를 들었습니다. 2003년 8월 25일입니다. 이 이야기를 듣고는 바로 셈틀을 켜서 이 신문 저 신문을 살펴서 떠난 어른을 기리는 글을 낱낱이 찾아 읽었습니다. 이러면서 다시금 고개를 떨구었습니다.

이 나라에서 이오덕 제자라면서 내로라하는 이들치고 이오덕이라는 어른이 살아서 무슨 일을 했고 무슨 뜻을 밝혔으며 무슨 길을 걸었는가를 두루 살펴서 찬찬히 적바림하는 마음으로 기리는 글을 쓴 분이 하나도 안 보였습니다. 이오덕 제자라고 내세우는 이들은 저마다 '내가 이오덕 참제자요!'하고 우쭐대기에 바쁘다고 느꼈습니다.

저는 닷새에 걸쳐서 원고종이 700장을 훌쩍 넘는 기림글을 썼습니다. 이오덕이라는 어른이 쓴 책을 모조리 되읽으면서 느낌글을 썼지요.

어린이 국어사전을 짓는 출판사를 그만두고 나서 한 달 넘게 손전화를 껐습니다. 아침부터 낮까지 집에 틀어박혀 책만 읽다가, 해거름

잡지 <객석> 취재를 받으며

에 자전거를 몰고 나와서 골목골목 헌책방 나들이를 다녔습니다. 이러다가 한 달 남짓 지나고서 자꾸 뒤통수가 간지럽기에 손전화를 켰습니다. 참말로 곧장 전화가 울리더군요. "자네 산 사람이요, 죽은 사람이요? 어째 전화를 그렇게도 안 받나? 내 날마다 열 번씩 전화를 했소. 전화를 받는 거 보니 죽은 사람은 아니고 산 사람인가 보지?" 전화기를 귀에 대자마자 따갑고 커다란 목소리로 줄줄 쏟아지는 이야기를 들었습니다.

누구지? 누가 이런 말을 쏟아내지? 전화를 건 분은 이오덕 님 큰아들이었습니다. 큰아드님은 제가 쓴 이오덕 기림글을 몽땅 챙겨서 읽었다면서, "내 그동안 우리 아버지를 추모하는 모든 기사와 글을 찾아서 읽었는데 다 헛것이더라고. 그런데 자네 이름은 처음 들어 봤는데, 어떻게 자네는 우리 아버지를 좀 이해하고서 글을 쓴 것 같더라고. 그래서 한 가지 말을 좀 하고 싶어서 전화를 했소. 먼저 우리 아버지 무덤에 절을 하러 와 줄 수 있나?"하고 물었습니다. "저도 선생님 무덤에 찾아뵙고 절을 할 수 있으면 고맙지요. 그런데 저는 선생님을 딱 한 번밖에 뵌 적이 없고 제자도 아니어서 제가 함부로 절을 하러 가도 될는지 모르겠습니다." "그런 건 걱정 말어. 우리 아버지가 사람을 가리던 분인가? 아버지를 이해해 주는 젊은이가 와서 절을 해주면 땅에 묻힌 아버지도 반가워하실걸세. 그럼 오겠다는 얘기지? 언제 오려나? 그래, 온다고 한 김에 내일 바로 오면 어떨까?"

이렇게 하여 동서울 시외버스역에서 시외버스를 타고 충북 음성 생극면에 내렸고, 이오덕 님이 삶을 누렸던 곳으로 천천히 걸었습니다. 생극면에 내리면 전화를 하라 했지만 굳이 그리 하지 않아도 되리라 여겼습니다. 고작 12킬로미터 길이니 얼마든지 걸을 만하다고 생각했지요. 한 시간 남짓 걸어서 무너미 보리밥집에 닿았고, 곧 자동차로 내려온 큰아드님을 만났습니다.

이오덕 님 무덤에 절하고 나니 큰아드님이 "자네 우리 아버지 책하고 원고 정리를 할 수 있겠나?"하고 물었습니다. "이오덕 선생님 책하고 원고를 정리하는 일이라면 세 해쯤이면 할 만하리라 생각합니다." "세 해? 고작 세 해면 된다고? 그러니까 우리 아버지 책하고 원고를 정리하는 일을 하겠다는 거요, 안 하겠다는 거요?" "저는 어떤 일을 맡아서 하든 대수롭다고 생각하지 않아요. 다만, 그 일을 하느냐 안 하느냐에 앞서 그 일이 어떤 일이고 어떻게 얼마나 하면 되는가를 생각해 보아야 한다고 느껴요. 그리고 그 일을 제가 맡든 남이 맡든 그 일감이 어느 만큼 되는가를 먼저 어림할 노릇이라고 생각해요. 그동안 이오덕 선생님이 쓴 책을 가만히 헤아리니 세 해면 되겠구나 하고 생각했어요." "그런가? 세 해면 참말 다 할 수 있다고? 그런데, 이 일을 하겠느냐고 안 하겠느냐고? 이 사람 참 답답하네." "저는 요즘 따로 어디에 몸을 매여 일하지 않고 앞으로 그럴 생각이 조금도 없어요. 그러니 할 수 있습니다. 다만 하나만 들어 주시면 좋겠어요." "할 수 있는데, 조건이 있다? 그래, 그 조건이 뭔가?" "조건이라기보다요, 저는 어느 곳에 매여 일하지 않으니 홀가분하지만, 그 때문에 벌이는 없습니다. 벌이가 없는 채 서울하고 음성을 오갈 수는 없어요. 그래서 제가 이 일하는 동안 서울하고 음성을 오가는 찻삯을 받을 수 있

이오덕 님 무덤에 나들이를 온 증손자. 2003년

동서울에서 생극으로 갈 때 산 버스표. 2003년

다면 얼마든지 할 수 있겠어요." "차비? 차비만 있으면 된다고? 아니 일을 맡기는데 어떻게 차비만 줄 수 있나. 생활비도 줘야지." "아니요, 저는 살림은 걱정하지 않아요."

2003년 9월 30일로 떠오르는데, 이날부터 이오덕 님 책하고 글을 갈무리하는 일을 했습니다. 그리고 이 일을 처음 맡아서 하며 제 눈에 들어온 첫 이오덕 님 책은 바로《까만새》입니다. 저는 헌책집을 1992년부터 다녔는데, 그때부터 2019년에 이르기까지 제 눈으로는 이 동시책을 한 번도 못 만났습니다.

글쓴이가 이오덕 님 서재에서 한창 글종이를 갈무리하던 때. 2004년

1974년에 태어난 동시책《까만 새》가 얼마나 팔리거나 읽혔는지 잘 모릅니다. 어쩌면 팔림새는 안 대수로울 만합니다. 모든 글하고 책은 사람들 가슴으로 스미느냐 하는 대목이 대수로울 테니까요. 글쓴이 넋이 읽는이 넋하고 만나서 새롭게 피어나느냐 하는 대목이 대수로울 테고요.

이오덕 님 글을 갈무리하는 틈틈이《까만 새》를 읽었습니다. 이오덕 님 책들(쓴 책 말고 읽어서 건사한 책들)에 묻은 먼지하고 곰팡이를 젖은 걸레로 한 번 닦고서 마른 천으로 말끔히 훔치다가 쉬는 틈에 새삼스레 이 동시책을 읽었습니다.

〈물을 긷는다〉

물동이를 들고
샘으로 가는 길.
이제는 절로 펴지는 가슴,
주욱죽 뻗는 발걸음.
사이다 병같이 파란 하늘을
들이마신다, 그 시원한 탄산수를.
한 조각 구름과 나누는 인사.
나도 오늘은 어느 산봉우리를 넘을 텐가?
물, 땅에서 솟아나는
그 맑고 투명한 은혜를

가슴에도 철철 넘치게 채워
온다. 하나, 둘, 셋 …… 100걸음이면
끝나는 즐거운 운동.

〈쌀을 씻는다〉

오늘도 마음속에
귀한 것이 들어왔으면……
잡티 하나 들지 않도록
모래알 하나 섞이지 않도록
내가 씻는 희고 깨끗한 쌀알 같은
것만 들어와 주었으면……

〈장작을 팬다〉

똑바로 겨냥해서
정성들여 내리친다.
굵다란 통나무가
찍! 금이 가면
다 된 것이다.
그건 소리나는 것으로 안다.
아니, 팔에 전해지는 느낌으로 안다.

똑바로 겨냥해서
정성들여 내리치는
오늘 하루.

〈아버지〉

- 얘, 너 아버지 오신다.
- 저거 너 아버지냐?
자연 공부하러 가는 길
나를 보고 손가락질하는 아이들.
산더미같은 짐을 지고
아, 저기 아버지가 오시는구나.
햇볕에 그을린 흙빛 이마가 땀에 젖어 보인다.
얼마나 무거울까?
아이들이 자꾸 수근거린다.
남의 집 머슴이란다- 누가 하는 말 소리.
고개 숙이고 걸어가는 내 얼굴이 화끈거린다.
어딜 숨어버리고 싶다.
그러면서 마음 한구석에 치밀어오르는 미움.
- 오냐, 그래 우리 아버진 머슴이다.
머슴이면 어쩔 테냐? 하고
수근거리는 아이들의 얼굴에 침을

벧어 주고 싶은 마음
그러나 나는 얼굴을 못 들고
여전히 땅만 내려다보고 걸어간다.
아버지는 나를 보셨을까?
내 해어진 바지와 다른 아이들의 잘 차린 옷을
견주어 보고
얼마나 슬퍼하셨을까?

저는 이 동시책에 나온 시 하나하나 더없이 살뜰하면서 아름답구나 하고 느꼈습니다. 밥을 지으려고 물을 긷고 쌀을 씻고 장작을 패고 불을 때어 밥물을 맞추고는 반찬거리를 마련해 밥상을 차리기까지, 손수 몸을 움직이는 이 흐름을 담은 동시를 몇 벌이고 되읽었습니다. 그렇지만 굳이 외우지는 않았습니다. 아름다운 시는 머리에 담아서 외워도 즐겁지만, 저는 이오덕 님이 우리한테 이녁 시를 외우기를 바라지 않는다고 느꼈습니다. 이오덕 님은 이녁 시를 읽은 우리가 나름대로 새로운 시를 쓰기를 바란다고 느꼈습니다.

가만히 헤아리면 동시책《까만 새》에 깃든 시는 멧골마을에서 멧골 아이를 가르치는 동안 마주한 아이한테 '너희가 얼마나 자랑스럽고 훌륭한지 아니?'하고 넌지시 말을 거는 시라고 할 수 있습니다. 이러면서 '너희가 동무를 괴롭히거나 놀리거나 때리는 짓이 얼마나 어리석은 짓인 줄 아니?'하고 가만히 나무라다가 타이르는 시라고 할 수 있습니다.

멧골 아이가 밥짓기를 부끄럽게 여기는 모습을 보고는 '아니란다. 얘야, 일곱 살 네가 밥짓기를 할 줄 아는 일이란 어마어마한 기쁨이요 보람이며 자랑이란다'하는 마음을 이오덕 님 스스로 밥짓기 이야기를 시로 써서 아이한테 들려주었습니다. 머슴일을 하는 아버지를 둔 동무를 놀리는 아이들을 지켜본 이오덕 님은 이 모습에 가슴이 찟어졌지만 그 자리에서 나무라기만 해서는 달라지지 않는 줄 느끼고는 손수 시를 썼습니다. 놀리는 동무한테 침을 뱉어 주고 싶지만 차마 침을 못 뱉는 그 아이 마음이 되어, 고개를 폭 숙이면서 걷는 그 아이 마음이 되어, 그리고 머슴일을 하는 아버지 마음도 되어 시를 적습니다.

오늘날 이 나라에시 어린이 마음이 되어 시를 쓰는 어른은 몇쯤 될까요? 어버이 마음이 될 뿐 아니라 참어른이 되고 참스승이 되려는, 다시 말해서 스스로 늘 새롭게 거듭나는 몸짓으로 시를 쓰는 분은 얼마나 있을까요?

〈마을의 개들〉

마을의 개들은
자전거에 철사 그물을 친 상자를 싣고 가는
개장수 아저씨를 보고 미친 듯이 짖었다.

마을의 개들은

커다란 봉투를 끼고 동장 집을 찾아가는
면서기 아저씨를 보고 무섭게 짖었다.

마을의 개들은
구두를 신고 점잖게 걸어가는
분교장의 선생님을 보고도 짖었다.

마을의 개들은
그밖에는 도무지 짖을 일이 없어
부엌 문 앞에 누워
보리 겨죽 나오기만 기다린다.

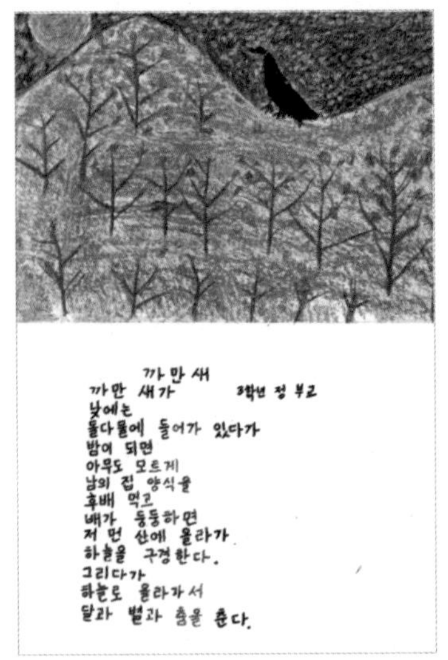

정부교 어린이가 글을 쓰고 그림을 그린 엽서. 이오덕 님은 이 글하고 그림을 몹시 아꼈다. 동시책 《까만 새》를 내면서 이 그림엽서를 함께 찍었다.

이 오 덕 동시집

까 만 새

이 오덕 선생은 늘 어른들의 세계가 너무 무기력하고, 세속적인 욕심에만 꽉 차 있음을 한탄하며, 그러한 어른들의 생활이 어린이들에게까지도 전파될까 봐 두려워한다. 현실의 이 부정적 세태 때문에 그는 불같이 분노하고, 어린이에게 지극한 사랑을 쏟으며, 오직 진실에만 정열을 쏟는다. '까만 새'에 수록된 작품은 이 오덕 선생의 이러한 인간성과 사상, 그리고 그것이 빚은 동시 세계를 잘 반영해 주고 있다고 할 수 있다. '까만 새'를 읽으면 한국 동시의 방향과 이정표를 확인할 수 있을 것이다.

세종 문화사 간 · 값 800원

※ 주문을 희망하는 분은 550원의 소액환을 끊어 지은이에게 보내면 송료 부담하여 우송하여 드립니다.

〈주소 : 650—24 경북 봉화군 명호면 삼동국민학교 이오덕〉

동시책 《까만 새》가 나오고서, '새교육'이라는 곳에 책 광고가 실렸다.

백 벌 남짓 읽었을 즈음 동시를 다시 엮어 새로운 판짜임으로《까만 새》를 냈습니다. 이오덕 님이 손수 마련한 출판사 '아리랑나라'에서 2,000부를 찍었습니다.《까만 새》는 여섯째로 나온 아리랑나라 책입니다.

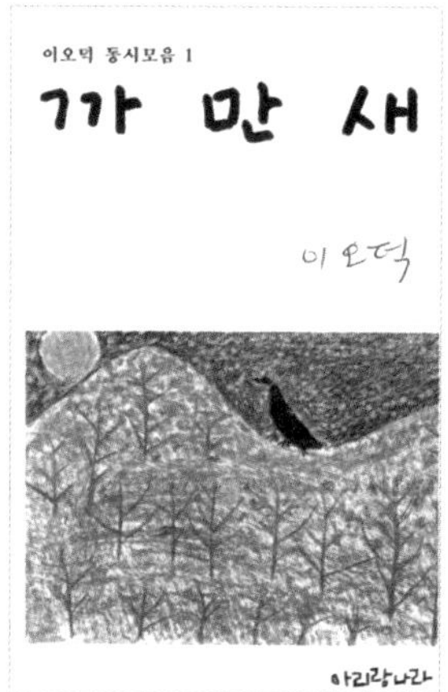

2005년에 새옷으로 선보인 《까만 새》. 이오덕 님은 출판사를 거의 못 믿었다. 속임짓을 하는 곳을 너무 많이 보았고, 책마을 한길에서 어긋나는 곳도 너무 많이 본 탓이다. 그래서 '아리랑나라'라는 출판사를 손수 등록했다.

〈감자를 캐면서〉

검은 흙 속에서
동글동글 예쁜 알들이
튀어나온다.

야아! 소리치는 것은
아버지의 커다란 주먹만 한 것이
나왔을 때다.

아무 말 없이 그저 고만고만한 것들은
바구니에 들어가 안기고,

새알 같은 것,
콩알 같은 것은
버림을 당한다.

그러면 버림받은 것들은
못 견디게 뜨거운 햇볕에 멍이 들고,
사람들의 발에 밟히고,
으깨어져 썩고 만다.

감자를 캐면
자그만 형제들의 애원하는 소리.
제발 우리도 주워 주세요.
데려다 주세요.
하늘과 땅의 은혜로 생겨난 우리
강아지나 송아지라도 먹어 주면
얼마나 기쁠까요?

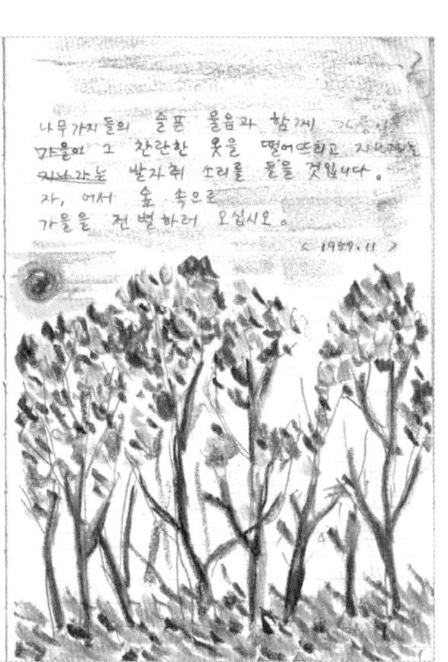

가을의 전별

자, 어서 오십시오.
가을은 숲 속에서 떠나려 합니다.
낙엽을 밟고 호수를 돌려 혼자 오십시오.
양지바른 산기슭을 돌아올 때,
아직도 가날픈 벌레 소리가 들리거든
가을이 보내는 이별의 곡인 줄 아시고
술한 나무들이 마지막 찬란한 옷을 두르고
기다리는 곳으로 오십시오.
숲 속에는 찬란한 고요가 있읍니다.
멀어져 가는 태양이 눈물같이 따스한
손길을 펴고 있읍니다.
바람도 없이 고이 나리는 낙엽
어디서 밤알이 떨어지는 餘韻
새들도 가지 위에서 그들의 이야기를 그치고
남은 햇볕 속에서 무엇을 생각하고 있읍니다.
당신은 거기 가랑잎을 깔고 누워
고요 속에 파묻히십시오.
이윽고 당신이 쳐다보는 하늘에
새까만 새떼들이 지나가면서
보라빛 장막을 치면
숲 속엔 갑자기 바람이 일어나고
우수수 떨어지는 소리, 굴르는 소리
그 때, 당신은

나무가지들의 슬픈 울음과 함께
가을이 그 찬란한 옷을 떨어뜨리고
지나가는 발자취 소리를 들을 것입니다.
자, 어서 숲 속으로
가을을 전별하러 오십시오.
< 1957. 11 >

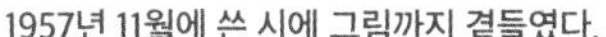
1957년 11월에 쓴 시에 그림까지 곁들였다.

〈산을 바라보는 아이〉

산을 바라보는 아이는
그 가슴에 커다란
바위가 있다.
바위 밑에서 맑은 샘물이
솟아나오는.

아이를 바라보기에 아이처럼 될 수 있습니다. 어른을 바라보기에 어른처럼 될 수 있지요. 서로서로 바라보기에 서로서로 녹아들면서 새로운 넋으로 일어섭니다. 몸뚱이만 아이나 어른이 아닌, 참답고 고운 마음으로 삶을 짓는 아이랑 어른으로서 우뚝 섭니다. 새 한 마리를 바라보면서 새 한 마리가 됩니다. 잠자리 한 마리를 마주하면서 잠자리 한 마리가 됩니다. 볍씨 한 톨을 손바닥에 얹고 고요히 마주하면서 우리 스스로 싱그럽고 씩씩한 볍씨로 다시 태어납니다.

이오덕 님이 쓴 동시·동화 책

《별들의 합창》 1966, 아인각

《탱자나무 울타리》 1969, 보성문화사

《개구리 울던 마을》 1981, 창작과비평사

《종달새 우는 아침》 1987, 종로서적

사슬터는 죽음,
배움터는 살림

오늘의 思想新書 7

삶과 믿음의 教室

李五德教育隨想集

한길사

《**삶과 믿음의 교실**》 1978.12.20. 한길사. 참교육

이오덕 님은 일제강점기에 아이들한테 일본말만 가르쳐야 했답니다. 그런데 일제강점기에는 아이들한테 일본말을 가르치는 일이 잘못인 줄 못 느꼈다고 합니다. 해방이 되고 난 뒤에야 참으로 크게 잘못했다고 깨달았고 뉘우쳤다고 합니다.

이 나라에 힘이 없었기 때문에 일본 제국주의가 이 땅을 식민지로 삼았다고는 느끼지 않습니다. 힘이란 전쟁무기를 앞세우는 힘만 있지 않습니다. 삶을 가꾸려는 힘이 있습니다. 삶을 사랑하는 힘이 있습니다. 서로 어깨동무하면서 삶을 짓는 힘이 있습니다.

곰곰이 돌아본다면 이 땅을 다스리던 우두머리, 이른바 임금이라는 분들은 참다운 힘이 없었지 싶습니다. 우두머리나 임금으로서 이녁 자리를 건사하는 데에만 마음을 둘 뿐이었습니다. 총칼을 앞세운 이웃나라가 쳐들어오니까 이 땅에서 흙 짓고 마을 짓고 삶 짓던 모든 사람을 내팽개치고서 이녁 목숨만 건사하려고 바빴습니다. 이런 힘이 없던 나라이기에 일제강점기에나 해방 뒤에나 아이들한테 참다운 배움길을 열려는 데에는 마음을 안 썼다고 느낍니다.

이러한 모습은 오늘날까지 이어지지 싶습니다. 입시지옥 얼거리인 학교를 보세요. 취업지옥인 사회를 보세요. 오늘날 한국 학교에서는 따돌림이나 주먹질이 흔합니다. 오늘날 한국 사회에서는 속임수와 주먹질에 돈질이 흔합니다.

우리는 사회의 참을 알려야 하며, 어른들이 잘못하고 있는 것을 정직하게 알려주지 않고는 아이들을 올바르게 키울 수 없다. 이미 알고 있는 악을 덮어둠으로써 거짓을 가르치지 말고, 솔직하게 악을 지적하여 그것과 대항하고 이겨나가도록, 악에서 배우는 교육을 해야 하는 것이다. (40쪽)

병든 아이들은 그대로 어른이 되고 그 어른은 늙은이가 되어 죽어가지만, 늘 새로운 세대는 생겨나기 마련이다. 아이들을 원망하고 그들이 불순하게 오염되는 것을 마음 아파하는 것은 오로지 그들을 믿고 사랑하기 때문이며 아이들의 무한한 가능성을 믿고 그들의 착함과 정직함을 믿기 때문이다. (75쪽)

이오덕 님이 1978년에 써낸 《삶과 믿음의 교실》이라는 책은 일제 강점기부터 1970년대 끝자락까지 서른 몇 해를 국민학교에서 어린

대서국민학교에서. 잡지사 취재를 받으며

이를 마주하면서 겪어야 했고 몸소 움직여야 했던 일을 들려줍니다. 삶을 가르쳐야 하지만 삶을 가르치지 못하도록 가로막는 교실(학교)을 이야기합니다. 믿음직한 어른으로 자라도록 북돋아야 즐거울 텐데, 정작 모든 아이를 길들여서 쳇바퀴질을 하는 몸짓이 되도록 옭아매는 교실(학교)을 이야기합니다.

떠난 어른은 슬프게 털어놓지요. 이 나라 학교에는 삶이 없다고요. 1990년대로 접어들면서 월사금은 자취를 감추었고, 도시락 못 싸는 아이한테는 급식을 준다는 얼개로 바뀝니다. 그러나 지난날 학교에 온갖 돈을 갖다 바쳐야 하던 아이들한테 잘못했다고 뉘우치는 교육부 일꾼이나 나라 일꾼은 아직 없습니다. 지난날 학교에서 아이들을 두들겨 패거나 돈 걷는 짓을 하던 어른(교사) 가운데 부끄럽다며 아이들한테서 가로챈 돈을 털어놓는 어른은 몇이나 될까요? 슬그머니 제도를 바꾸었을 뿐입니다. 더욱이 요즈음 학교에서 급식을 받는 아이들을 놓고 밥벌레(급식충)라는 이름으로 놀리는 아이들이 있습니다.

우리 학교는 참말로 일제강점기하고 대면 나아졌을까요? 우리 사회는 참으로 일제강점기나 군사독재하고 대면 좋아졌을까요? 이지메를 '집단 따돌림'으로 고쳐쓸 노릇이 아니라, 한국말에서 따돌림이란 말을 더 쓸 수 없도록 삶과 삶터와 배움자리와 나라와 마을을 모두 바꿀 노릇이 아닌가요?

이오덕 님이 책 하나로 밝혀서 나누고 싶던 말이란 무엇이었을까 하고 하나하나 짚습니다. 떠난 어른은 우리가 너무 오래도록 종살이(노예생활)를 했다고 털어놓습니다. 우리는 사람이라는 옷을 입었으나 정작 사람다운 사람이 아닌, 한낱 종 노릇만 했다고 털어놓지요. 우리는 이제껏 사람답게 살아가는 길을 걷지 못한 채, 우두머리나 임금 밑에서 등허리가 휜 채 종으로 부려지는 길에서 허덕였다고 털어놓습니다.

학교가 가르치는 곳이 아닌 길들이는 곳인 까닭은 누구나 쉽게 알 만하다고 봅니다. 다만 우리는 스스로 눈을 감았기에 학교가 배움터 아닌 사슬터인 줄 느끼지 않거나 등돌렸을 뿐이라고 봅니다. 학교라는 데가 허울만 학교일 뿐, 지난날에는 아이들을 닦달해서 돈을 뱉어내도록 괴롭힌 곳이었고, 군사독재를 섬기도록 주먹질로 들볶은 곳이었습니다. 오늘날에도 학교는 아직 껍데기만 학교일 뿐, 사슬터이거나 불구덩이입니다. 배울거리를 배우도록 하는 열린터가 아닌, 참고서하고 교과서로 입시지식만 달달 외우도록 길들이는 닫힌터, 곧 사슬터입니다.

아이들한테 왜 번호를 매겨야 할까요? 아이들은 사슬터에 갇힌 사슬순이나 사슬돌이가 아닙니다. 사람한테 번호를 매기는 짓은 사슬터에서나 합니다. 이름을 지우고 번호를 매기면서 사람(아이) 스스로 제 넋을 잊거나 잃도록 내몹니다. 우리는 숫자가 아닌 이름으로 살아가는 숨결입니다. 우리 어버이는 우리를 사랑으로 낳아 돌보기에 숫자 아닌 이름을 지어서 주었습니다.

숫자로 아이들을 다스리면서 '학생 관리'를 하고 성적표나 생활기록부를 쓰지요. 이름으로 아이들을 바라보면서 삶을 가르치고 배울 적에는 어떤 관리도 성적부도 기록부도 쓸 까닭이 없습니다. 이름으로, 사랑으로, 꿈으로 아이들을 마주하는 자리에서는 아이들이 저마다 다른 기쁜 길을 걸을 수 있습니다.

> 교육이란 스스로 공부하는 습관을 기르는 것이다. 그런데 언제나 검사와 상벌의 결과 처리가 따르게 마련인 숙제로 공부해야 하는 아이들은 그 숙제가 없으면 해방이 되어 기뻐 날뛴다. 지긋지긋하게 싫은 공부를 자진해서 할 리가 없다. (36쪽)

> 진학을 못하는 졸업생들이 시골에서 자리잡고 살아갈 수 있도록, 소득 증대를 위한 기술 교육보다 정신 교육에 더 힘써 주어야겠다. 현대 문명과 역사의 여러 문제와 공해 문제 같은 것을 깊이 있게 가르치고, 이제는 도시사람들이 시골을 부러워할 때가 오고 있다는 것과 무엇보다도 물질의 편리를 위해 살아가는 것이 인간의 삶의 목표일 수 없다는 것을 교육해야겠다. (104쪽)

> 아이들을 인간으로 존중하고 인간으로 길러 가지 않고 시를 씌울 수 없다. 아침 일찍 풀을 베러 가는 산길에서 듣는 꿩 소리, 발 밑에 이슬을 받쳐들고 햇빛에 반짝이는 조그만 콩 잎사귀들, 그런 일상에서 아름다움을 느끼고, 혹은 짐을 지고 걸어가면서 괴로워한 것을 당연한 자기의 일로 생각하여 그런 것을 자랑스럽게 글로 쓰는 태도를 기르자면 교과서에는 없는 정신을 심어 주어야 한다. (210쪽)

다른 것은 다 괜찮다 하더라도 '학생 관리'란 말이 내게는 자꾸 걸린다. 생명을 물품처럼 다룬다는 것은 있을 수 없다. 교육이란 아이들의 개성을 피어나게 하고 능력을 뻗어나게 하며 참된 생활을 창조하는 태도를 갖도록 하는 일이겠는데, 관리라면 감시, 감독하는 것이고 그것은 창조적 정신을 봉쇄하기에 알맞는 방법이 아닌가. (219쪽)

1978년 무렵, 《삶과 믿음의 교실》을 쓰면서, 삶하고 믿음이 배움터에서 얼마나 대수로운가를 밝히려고 하던 무렵, 떠난 어른이 아직 이 땅에서 꿋꿋하게 살면서 하루를 지으려고 하던 무렵, 말을 평화롭고

대서국민학교에서. 잡지사 취재를 받으며

평등하면서 민주가 되도록 쓰는 길이란 무엇인가를 비로소 제대로 바라보면서 밝히려고 했구나 싶습니다.

다만 이즈음까지도 이오덕 님은 아직 한자와 덜 민주스러운 말을 썼습니다. 그런데 이런 글버릇을 누구보다 이오덕 님 스스로 털어내려고 힘썼어요. 껍데기만 한글이 아닌, 허울좋은 한글이 아닌, 알맹이가 단단하면서 고운 한국말을 쓰려고 마음을 제대로 기울였습니다.

말을 말답게 쓰는 길은, 아이를 아이답게 가르치는 길하고 만납니다. 말을 말답게 가꾸는 길은, 사람으로서 사람답게 살림하려는 꿈하고 만납니다. 아이하고 어른이 곱살스레 어깨동무를 하면서 한 걸음을 내딛을 적에 다 같이 사람으로 살아갑니다.

> 일본인이 영어를 본뜬 외래어를 쓰고 있는 것은 그들 생활에서 절실한 필요에 의한 것일 뿐 그밖의 사정은 끼어 있지 않다. 그런데 한국인 전체가 일본말을 배워야 했던 사정과 아직까지 일본말 잔재를 버리지 못하고 있는 사정은 전혀 다르다. (131쪽)

> 한글만 쓰자는 것은 누구나 알기 쉽고 바른 우리 말글을 쓰자는 주장인 줄 안다 … 쉽게 말하고 솔직하게 쓰는 것은 모든 사람들이 함께 갖는 재산인 말과 글을 일부 특권층으로부터 도로 찾아 모든 사람에게 돌려주게 하는 지극히 중요한 문화적 뜻을 갖는다. 언어의 민주화로 우리는 참된 민주사회의 실현을 꾀해야 한다. 쉬운 진리를 어렵게 만드는 것은 거기 속임수가 들어 있는 것이다. (226쪽)

이오덕 님은 거짓스러운 배움이 아닌 참다운 배움이 이 땅에 뿌리내리기를 바랐습니다. 앞으로는 길들이는 배움 아닌 믿음직한 배움이 이 땅에 씨앗으로 퍼지기를 바랐고요. 그러나 떠난 어른이기에 이 땅에서 벌어지는 갖은 괴로움이나 아픔을 그저 하늘에서 지켜볼 수밖에 없습니다. 이제는 이 땅에서 살아가는 우리가 스스로 이 땅을 바라볼 뿐 아니라 바꾸어야 합니다.

우리 스스로 민주를 바란다면 언제 어디에서나 누구하고나 민주로 살아야지 싶습니다. 우리 스스로 평화를 바란다면 언제 어디에서나 누구하고나 평화로 살아야지 싶습니다. 평등을 바란다면, 사랑을 바란다면 우리 스스로 그리 살아야 합니다.

이오덕 님이 쓴 참교육 책

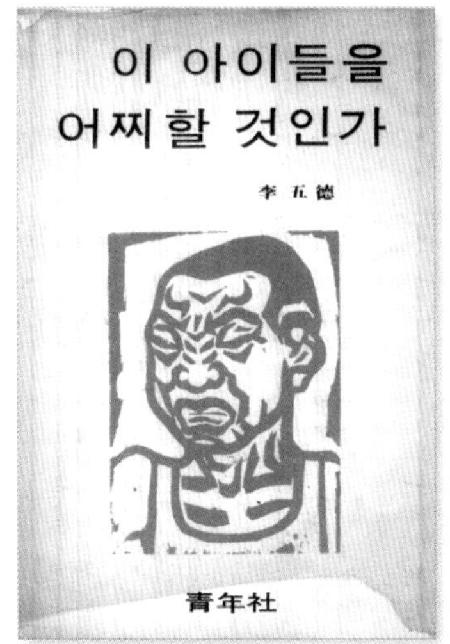

《이 아이들을 어찌할 것인가》
1977, 청년사

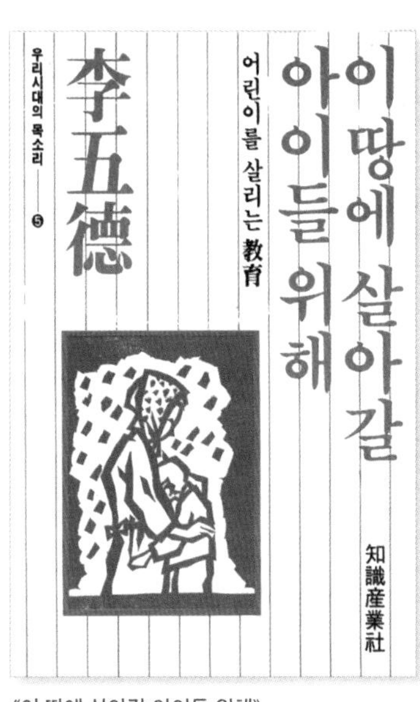

《이 땅에 살아갈 아이들 위해》
1986, 지식산업사

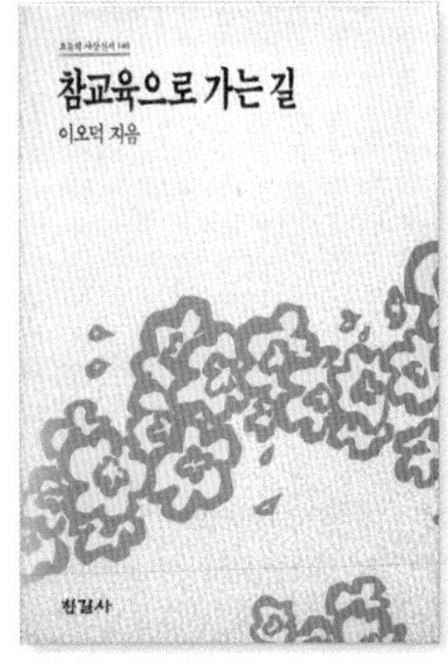

《참교육으로 가는 길》 1990, 한길사

숲길을 걸으며 노래하네

《나무처럼 산처럼 2》 2004.6.1. 산처럼. 삶글

제가 사는 곳은 지은 지 오래된 시골집입니다. 한동안 빈 채로 무너지던 시골집에 들어와서 이모저모 손질하고 고친 뒤로는 이제 튼튼히 살아나는 터전으로 바뀌었습니다. 그런데 이 빈집은 얼마나 대단한지 모릅니다. 우리가 심은 남새가 있습니다만, 누가 안 심어도 쑥쑥 올라오는 나물이 얼마나 많은지 모릅니다. 이 가운데 달래가 있어요. 아마 이 시골집이 비기 앞서 살던 할매가 오랜 나날 심고 거두고 먹고 다시 돌보던 달래일 텐데, 우리는 그저 해마다 새롭게 돋는 달래를 알맞게 거두어서 먹습니다. 달래뿐 아니라 솔도 그렇고, 갓이며 모시며 고들빼기며 냉이랑 곰밤부리랑 한가득입니다.

봄이면 우리 집 달래를 조금씩 뽑아서(캐기보다는) 먹는데, 알싸하게 매운 맛이 재미나다고 느낍니다. 이런 맛이로구나, 우리 집 밭자락에서 저절로 돋는 달래란 이런 맛이고, 저잣거리에서 사다 먹는 달래는 또 다른 맛이네 하고 느낍니다.

> 달래는 파처럼 맵다. 익히면 달기도 하고, 독특한 향기가 있다. 냉이는 달고, 씀바귀는 쓰고, 달래는 맵고. 이래서 우리가 사는 이 땅은 달고 쓰고 매운 갖가지 자연의 오묘한 맛을 이른봄부터 골고루 우리에게 선물해 주는 것이다. (15~17쪽)

우리는 누구나 시골사람이었지요. 오늘날이야 거의 모두 서울사람입니다만, 참말 지난날에는 누구라 할 것 없이 시골사람이었습니다. 요새는 '서울사람'이라 할 적에 서울특별시 사람이라는 대목으로

만 여기는데, 지난날에는 시골 아닌 곳에 사는 사람이면 모두 서울사람이었으니 서울은 '도시'를 일컫는 이름이기도 합니다.

우리가 모두 시골사람이었다는 말은, 우리가 모두 흙을 알고 풀을 알며 나무를 알아서 숲을 사랑하던 사람이었다는 뜻입니다. 오늘 우리는 서울이라는 커다란 곳에서 흙도 풀도 나무도 멀리하면서 그만 숲을 잊거나 잃기 일쑤이지만, 우리 가슴속에는 흙이며 풀이며 나무며 숲을 아끼는 숨결이 흐른다고 생각합니다. 왜 그렇잖아요. 아무리 서울 한복판에서 자동차를 몰더라도, 도심을 벗어나 나무하고 들이 펼쳐지는 시골을 보면 '아, 시원하다!'하고 말하지요. 너른 냇물이나 바다를 보면 '아, 멋지다!'나 '이야, 참 좋다!'하고 외치기 일쑤예요. 몸은 비록 아파트에 깃들더라도 마음은 숲에 있다고 할 만합니다.

이오덕 님이 지내던 돌집 가을날. 2004년

그래서 서울에서 골목비둘기를 만날 적하고, 우리 집 둘레에서 멧비둘기를 만날 적에는 사뭇 다른 느낌입니다. 서울에서 삶터도 보금자리도 빼앗기고 먹이마저 찾을 길 없는 골목비둘기는 틀림없이 바로 그 서울이 먼먼 옛날부터 뿌리를 내려서 살던 자리였지 싶어요. 고향을 잃거나 빼앗긴 채 떠돈다고 할까요. 우리 사람도 고향을 잃거나 빼앗긴 채, 다시 말하자면 시골을 빼앗긴 채 도시 노동자로 쳇바퀴를 도는 셈이지 싶습니다.

까치가 사람의 적이 된 까닭은 두 가지다. 곡식을 먹는 것과 전봇대에 집을 지어서 전기사고를 낸다는 것. 그런데 곡식을 먹을 수밖에 없다. 산이고 들이고 온통 농약을 뿌려서 벌레가 없어졌으니 무엇을 먹겠는가? (48쪽)

적어도 '생각'이란 것을 가지고 있는 사람이라면, 까치도 살고 사람도 사는 길을 가야 한다. 모든 목숨이 함께 어울려 사는 길이 사람이 살 수 있는 길이다. 농사를 짓더라도 농약을 안 뿌리면 된다. 우리 아이들은 벼 농사고 고추 농사고 약 안 뿌리고 잘도 하고 있다. (49쪽)

이래서 나는, 흙집에 살면 건강해진다는 것도 믿는다. 도시 사람들이 가지고 있는 온갖 병들이 먹는 것을 비롯해서 공기며 시끄러운 소리 따위와도 깊은 관계가 있지만, 언제나 갇혀 있는 집과도 관계

가 있다고 본다. (147쪽)

이오덕 님은 흙으로 돌아가기 앞서 《나무처럼 산처럼》이라는 이름으로 삶글을 책으로 여미었습니다. 이오덕 님이 흙으로 돌아간 뒤에 《나무처럼 산처럼 2》로 이름을 붙인 삶글을 제 손으로 엮어서 알맞춤한 출판사에서 이 책이 태어나도록 이끌었습니다. 《나무처럼 산처럼》 첫째 권은 그저 이오덕 님을 아끼는 이웃 한 사람으로서 읽은 이야기였다면, 둘째 권은 이오덕 님이 걸어온 길을 다른 숱한 이웃님한테 더 넓고 깊게 알려 주려고 되읽고 곱씹으면서 글씨 하나까지 살핀 이야기입니다.

이오덕 님이 마지막 숨을 가늘게 내쉬고서 고요히 눈을 감은 돌집에서 이 글꾸러미를 매만지고 어르면서 날마다 생각했습니다. '나무처럼 산처럼'이란 무슨 뜻일까 하고요. 나무처럼 되고 산처럼 되겠노라는 마음을 담은 이름인 줄 얼핏 알겠으나, 그 뜻을 넘어 다른 이야기가 더 있다고 생각했습니다. 이를테면 나(이오덕)부터 스스로 나무가 되고 산이 되려 하고, 내(이오덕) 이웃도 나무가 되고 산이 되는 길을 밝히고 싶다는 이야기가 있겠지요. 나무나 산이 되려면 어떠한 길을 걸을 수 있어야 한다는 뜻을 이 글꾸러미에서 밝혔을 테고, 나무랑 산이 함께 있는, 바로 숲이라고 하는 터전이란 어떤 자리인가를 이 글꾸러미에서 가만히 짚으려 했으리라 생각했습니다.

자본주의가 생겨나고 자본주의를 이끌어 가는 나라들이 모여 있는 두 대륙의 사람들이 고기를 가장 많이 먹으면서 또 온 세계 사람들의 먹을거리를 제멋대로 하고 있는 이 질서가 인류를 파멸로 몰아가고 있는 것이다. 자본주의와 육식, 뭔가 깊은 관계가 있는 것 같다. 자본주의가 육식을 장려하지만, 육식이 자본주의를 낳았는지도 모른다. (80쪽)

참으로 어린이의 마음만은 인류와 모든 금수곤충과 산천초목의 자연을 파멸에서 구원할 수 있는 것이다. (125쪽)

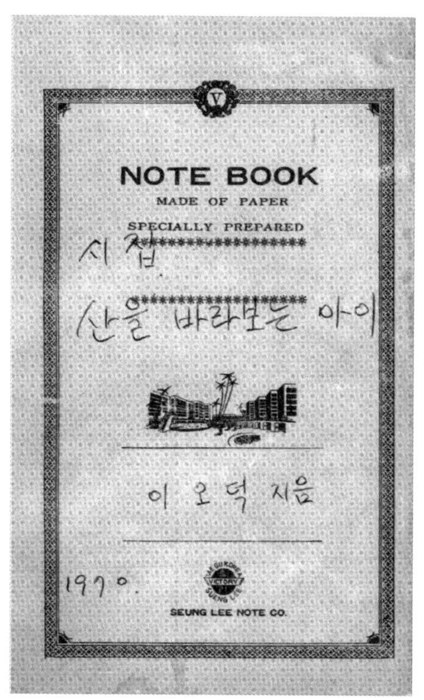

시를 적어서 모은 공책에 '산을 바라보는 아이'라고 이름을 붙였다. 이오덕 님이 산을 얼마나 사랑하는가를 엿볼 수 있다.

떠난 어른은 멧더미 같은 책하고 글을 남겼습니다. 저는 이 멧더미 같은 책하고 글을 하나하나 살폈습니다. 이제껏 살며 못 읽은 책하고 글을 처음으로 읽었고, 이제껏 살며 꾸준히 읽은 책하고 글을 새삼스레 되읽었습니다. 처음 마주하는 책이나 글은 저를 넌지시 일깨웁니다. '네가 모르는 책이 이렇게 많단다!'하고요. 거듭 마주하는 책이나 글은 저를 가만히 건드립니다. '네가 안다는 책을 얼마나 잘 아니?'하고요.

떠난 어른하고 마음으로 이야기를 나눕니다. 이오덕 님은 제 마음으로 찾아와서 언제나 두 마디 이야기를 들려주었습니다. 하나는 '그만 읽어라'입니다. 다른 하나는 '어서 읽어라'입니다. '그만 읽어라'하는 목소리를 듣고는 '그래, 종이책은 좀 그만 읽을 만하지!'하고 생각하는데, '어서 읽어라'하는 목소리를 들으면서 '아니, 그만 읽으라면서요?'하는 생각이 불쑥 듭니다. 이런 두 마음하고 두 말이 엇갈리다가 문득 다시 생각합니다. 읽어야 할 마음을 읽지 않기에 어서 읽어야 합니다. 굳이 안 읽어도 될 부스러기에 얽매이니 이런 부스러기는 얼른 놓아줄 노릇입니다.

우리는 얼마나 많은 책을 읽어야 할까요? 우리는 얼마나 많은 인문 지식이나 소양을 쌓아야 할까요? 우리는 자격증이나 졸업장을 얼마나 많이 거머쥐어야 할까요? 우리는 얼마나 많은 돈을 버느라 우리 삶을 이대로 흘려보내야 할까요? 우리는 해를 읽을 수 있을까요? 우리는 풀벌레나 새나 짐승을 읽을 수 있을까요? 무엇보다도 우리는 우리 곁에 있는 이웃이 어떤 마음이나 생각이나 사랑인가를 환하게 읽

글쓴이가 그동안 하나둘 모으고 읽은 이오덕 님 책

을 수 있을까요? 곁에 있는 사람이 어떤 마음인지조차 못 읽으면서 숱한 인문책을 너무 파고들지는 않나요? 곁에 있는 아이들이 학교나 학원이나 시험으로 어깨가 짓눌린 채 힘들어하는데, 막상 아이들 마음은 하나도 안 읽고 대학바라기로 내몰지는 않나요?

혼잣말로 묻던 이야기를 하나씩 추스릅니다. 우리 문화나 예술에서는 조선왕조실록이라든지 궁중음악이나 궁중음식을 대단한 문화나 역사나 예술로 치켜세웁니다. 이와 달리 시골에서 짓던 밥살림이나 옷살림이나 집살림은 어느 한 가지도 문화나 역사나 예술로 다루지 못하곤 합니다.

무엇이 한복일까요? 무엇이 한옥일까요? 무엇이 한식일까요? 우리는 한복 · 한옥 · 한식 같은 허울에 얽매이면서 우리 스스로 우리 모습을 억누르지는 않을까요? 시골옷 · 시골집 · 시골밥은 모조리 낡거나 값없다고 내팽개치지는 않을까요? 우리가 두고두고 즐기고 나누면서 가꾸던 살림살이는 보잘것없다는 듯이 내동댕이치지는 않을까요?

예부터 임금님은 제 두 다리로 걷지 않았습니다. 임금님뿐 아니라 신하나 양반도 제 두 다리로 걸으려 하지 않았습니다. 두 다리로 걷지 않은 이들은 권력을 손아귀에 쥐었어요. 이들은 정책을 펴면서 어떤 정책을 어디에 어떻게 펴는가를 몰랐습니다. 서울에 으리으리한 궁궐이나 집을 짓고서 백성을 아끼는 정책을 폈다고는 하더라도 참말 백성을 알았을까요? 백성 얼굴을 보기는 했을까요? 백성이 무엇을 먹고 입으며 어떤 집에서 사는가를 알았을까요? 백성을 하나도 모르는 채 위에서 내려다보는 정책을 베푼다는 흐름이 아니었을까요?

오늘날에도 이 흐름은 똑같아서, 대통령이 두 다리로 여느 골목마을을 걷거나 여느 시골길을 걷는 일도 없다시피 합니다. 선거를 앞두고, 홍보를 하려고, 사진에 찍히려고, 저잣거리를 거닐다가 아지매나 할매 손을 잡고 웃기는 하지만, 정작 대통령이나 시장이나 군수나 국회의원이 저잣마을에서 수수하게 살림을 가꾸는 일이란 찾아볼 수 없습니다. 조촐한 시골집을 가꾸어서 조촐히 살림을 짓는 매무새로 나라살림을 다스리는 공무원을 만나기도 만만하지 않아요. 다들 하나같이 기계와 같습니다.

풀뿌리 백성들의 참모습이 이러하다. 이들이 흘린 땀과 피가 우리

강산을 지켜주고, 이 겨레의 목숨을 이어오게 하였다. 이들이 산과 들에서 일하면서 풀어낸 이야기와 부른 노래가 진짜 우리 겨레의 말이요 문학이요 예술이다. 양반들이 방안에서 읊은 한시가 우리 것일 수 없고, 궁중에서 부르던 노래가 참된 우리 겨레의 것일 수 없다. 그런데 지금 책만 읽은 사람들이 머리로 만들어내고 있는 문학이란 것, 예술이란 것이 정말 어떤 길로 가고 있는 것일까? (155쪽)

내가 어렸을 때는 농사꾼들이 호미와 괭이, 삽, 지게만으로 농사를 지었어요. 그래서 논밭에서 노래를 부르고 이야기를 하면서 즐겁게 일했습니다. 그런데 지금은 온갖 기계로 땅을 갈고 곡식을 거두고 나르지요. 그러다 보니 기계에 다쳐서 팔다리가 부러지고 목숨을 잃

이오덕 님 손글씨가 적힌 편지함. 2006년

는 일이 예사로 일어납니다. 기계를 비싼 돈으로 사야 하니 돈을 벌기에 정신을 잃어야 하고 기계를 수리하는 일도 힘이 들고, 그것을 간수하는 집을 지어야 하지요. (183쪽)

기계가 되면 아무것도 책임질 일이 없습니다. 그저 전체가 움직이는 그 틀 속에서 자신을 맡겨 버리면 그만이지요. (184쪽)

혼자 길을 걸어가면서 노래를 불렀다고 했는데, 나는 참 많은 길을 걸었다. 교원 노릇 40년에 나만큼 많은 길을 걸었던 사람이 아마도 이 나라에 없으리라. 대부분의 임지가 산골 학교였기에 그렇기도 했지만, 나는 어릴 때부터 차멀미를 심하게 해서 버스를 타지 못하고 웬만한 곳이면 걸어다녔기 때문이다. (193쪽)

아이 손을 잡고 숲길을 걸어 본 적이 있는 분이라면, 아이 손이 얼마나 따뜻하며 숲길이 얼마나 시원하면서 포근한가를 알리라 생각합니다. 아이랑 숲 한복판에 깃들어 벌렁 드러누워 하늘을 바라보면 나뭇잎 사이로 비치는 햇살이 얼마나 눈부신가를 알리라 생각합니다. 게다가 숲흙이 얼마나 보드라우며 숲흙을 덮은 가랑잎이 바스락바스락 얼마나 고운 노래를 들려주는가를 잘 알 테고요.

이오덕 님은 두 다리로 걸으면서 생각을 지폈습니다. 멧길을 시골 아이하고 함께 걸어서 오르내리면서 이야기꽃을 피웠습니다. 삶글인 《나무처럼 산처럼》 두 권은 나무가 되고 산이 되다가 숲이 되려는 이오덕 님 걸음걸이를 보여 줍니다. 몇몇 사람만 될 수 있는 숲이 아닌, 우리 누구나 예전부터 모두 숲이었고 오늘도 숲이며 앞으로도 숲이라고 하는 이야기를 들려줍니다.

오늘 저는 고즈넉한 시골집에 앉아서 가을볕을 듬뿍 쬡니다. 숲길을 걸으며 노래하는 마음을 떠난 어른한테 어제 묻고서, 오늘은 이 터전을 숲집으로 가꾸며 새롭게 노래하겠다는 말씀을 여쭙니다.

이오덕 님이 쓴 **삶글 책**

《거꾸로 사는 재미》
1983, 범우사

《나무처럼 산처럼》
2002, 산처럼

《거꾸로 사는 재미》
2005, 산처럼

참짓기로 나아가려는 꿈

《어린이를 살리는 글쓰기》 1996.8.16. 우리교육. 어린이 글쓰기

일본이라는 나라는 한국하고 비슷하게 그리 민주나 평화나 평등하고 가깝지 않았습니다. 위에서 아래로 내려보내거나 시키는 얼거리였고, 윗사람 말을 안 들으면 바로 모가지가 날아갔습니다. 이런 일본인데 서양이 일본으로 치고 들어온 일을 겪고서 배움마당 얼거리가 크게 바뀌었습니다. 일본은 한국하고 대면 여느 아이들이 다니면서 배우는 터전이 오래되었다고 할 만합니다.

여느 사람한테도 배움을 베풀고, 이 배움을 슬기롭고 바르게 펴려는 뜻있는 젊은이가 많았습니다. 이러면서 일본은 1800년대 끝자락부터 글을 익힌 사람 누구나 제 마음이나 생각을 글로 나타내는 길을 알았습니다. 아무리 시달리고 들볶이고 짓밟히더라도, 글 한 줄로 삶을 그리는 길을 얻었습니다. 일본에 온갖 시나 산문 문학이 빛나는 바탕입니다. 일본 제국주의가 '보통교육'을 편 뜻은 조금이라도 글씨를 익히고 집단 규율을 알아야 군인으로 데려가기에 좋기 때문이었지만 말입니다.

이와 달리 한국에서는 여느 아이들이 배움터 문턱을 밟을 수 없었습니다. 지난날에 서당이 있었다고 하지만 마을에서 모든 아이가 드나들 수는 없는 자리였습니다. 그리고 이 서당은 여느 사람들이 주고받는 말이 아니라 권력자가 위에서 아래로 내려보내는 글인 한문을 가르쳤습니다. 옛날 이 나라 서당도 글을 짓는 가르침이 있었습니다. 다만 한문으로 글을 짓는 길만 가르쳤고, 이마저도 중국 옛글을 바탕으로 삼아서 틀에 짜맞추는 글짓기였습니다.

한국은 보통교육이 늦었을 뿐 아니라, 보통교육 얼거리도 허술하다 보니 일본에서 세우거나 닦은 틀을 고스란히 받아들였습니다. 글짓기도 마찬가지입니다. 일본에서 한자를 딴 '작문(作文)'을 '글(文)+짓기(作)'라는 이름으로 옮긴 대목은 훌륭합니다. 더욱이 일본에서 '글짓기 가르침'을 왜 어떻게 누가 어디에서 했는가를 살필 줄 안다면, 한국에서도 그동안 시달리거나 들볶이거나 짓밟히던 밑바닥 사람들이 생각이나 마음을 활짝 펴는 길을 널리 퍼뜨릴 수 있었다고 봅니다.

그렇지만 한국은 글짓기가 왜 글짓기인가를 헤아리지 못합니다. 학교 교육도 글짓기 교육도 모두 더 모진 틀에 갇힙니다. 일제강점기야 어쩔 수 없다 치더라도, 해방 뒤에 참배움으로 나아가지 않았습니다. 이른바 반공 웅변과 글짓기와 표어와 그림으로 얼룩집니다. 독재자를 치켜세우는 웅변에 글짓기에 표어만 써대야 했습니다. 이런 흐름은 해방 뒤부터 1990년대로 접어들 무렵까지 이어집니다. 그나마 1990년대로 접어들면서 반공 웅변이나 글짓기가 살짝 수그러들었다고 해도, 불조심이라든지 환경보전이라든지 이름만 바뀐 틀에 박힌 글짓기는 그대로였고 논술 입시가 새로 불거집니다. 이러면서 삶을 고스란히 드러내어 슬기로운 숨결을 나누는 글짓기도 똑같이 뒤틀렸지요.

> 아이들을 생각하면 눈앞이 캄캄하다. 우리 말도 제대로 익히지 못하면서 꼬부랑 서양말을 배워야 하고, 어른들 흉내내는 거짓글 지어내기와 논술문 쓰기에 시달리면서 그 마음이 모두 무섭게 병들고 있

기 때문이다. 참된 사람이 되기 위한 글쓰기 공부를 하는 이 책의 이름을《어린이를 살리는 글쓰기》라고 한 까닭이 이렇다. 어린이 여러분! 부디 이 책을 잘 읽어서 정직하고 자유로운 글쓰기로 자기 목숨을 온전하게 키워 가 주세요. (5쪽)

우리 어린이들이 아무리 교실과 학원에서 책과 시험 공부에 시달린다고 하더라도 어디 그런 감옥 같은 방에 아주 갇혀 있다고 할 수 있습니까. 날마다 학교에 가고 오면서, 운동장에서 골목에서 잠시라도 뛰놀면서, 교실에서 공부에 시달린다고 해도 창 밖을 바라보면서, 차를 타고 거리를 지나면서…… 온갖 일을 보고 듣고, 온갖 생각을 하면서 살아갑니다. 그런 실제 생활 이야기를, 저마다 몸에 꽉 차 있는 느낌이나 생각을 글로 써야 읽는 사람의 가슴을 울리는 글이 되는 것이지요. (194쪽)

이오덕 님이 '글짓기'라는 훌륭한 이름을 두고도 굳이 '글쓰기'라는 새로운 이름을 지어서 펴려고 한 뜻을 헤아려 봅니다.《어린이를 살리는 글쓰기》는 글을 어떻게 하면 잘 쓸 수 있느냐를 다루지 않습니다. 이 책은 글쓰기를 하는 뜻을 다룹니다. 글을 쓰면서 어린이가 무엇을 마음에 담을 만한지를 밝힙니다. 글 한 줄을 쓰는 어린이가 어떻게 앞으로 꿈하고 사랑을 키워서 아름답고 즐거운 살림으로 씩씩하게 한 걸음을 내딛을 만한가를 차분히 들려줍니다.

우리는 흙을 짓습니다. 흙짓기입니다. 흙을 짓는 사람은 집·옷·밥

(입으로 한 말)

도쿄 초1 핫따 유우이치

전화가요 잘못 걸려 왔어요.
그러니까 '미안합니다'도 안 하고
타당 끊었어요.
우리 엄마 같으면 꼭
'미안합니다' 하고 말해요.

(90.5)

무서운 아버지 고오치 현 초1 모토야마 미사

아버지가 돌아왔다.
무서운 목소리로
"이제 왔어!"
했다.
얼굴이 새빨갛게 돼 있었다.
아버지한테
"술 잡수시면 안 돼요."
하고 말했다.
아버지는 아무 말도 안 했다.
아버지가 무서워
나는 달아났습니다.
아침에는, 귀여운 아버지가 되었다.

KEUN YOUNG

이렇게 넘었구나 아이치 현 초1 아베 미사키

나는 줄넘기를 아주 못해.
여덟 번밖에 안 돼.
공부 마치고 해 봤다. 동동동동.
어, 스물 다섯 번.
이렇게 넘어서 놀랐다.
또 뛰고 싶었다.
허어 허어 허어 다리가 지칫지칫. 아프다.
한 번 더,
서른 번이다.
자꾸자꾸 뛰고 싶어졌다.
줄넘기를 좋아하게 될 것 같다.

KEUN YOUNG

거북이가 힘이 없어졌다 아이치 현 초1 우에타 다카시

요새 우리 거북이가 힘이 없다
손가락으로 눌러도 조금 움직일 뿐
먹이를 주어도 별로 먹을라 안 한다
전에는 팔팔 했는데
먹이를 주면 곧 입에 넣었는데
나는 점점 걱정이 된다
겨울인데 겨울잠도 안 잔다
이대로 가면 죽어버릴 것 같다
괜찮을까
오늘 집에 가면
자갈을 흙으로 바꿔 봐야지

KEUN YOUNG

고양이 날쌘이 미야기 현 초1 모토키 가오리

※ 고양이 이름을 원문에서는 '다로오'라 했다. '다로오'는 아주 흔한 사람 이름이다. 집짐승도 한 식구로 사람과 같은 이름을 지어 부르는 것이다.

날쌘이가 인형을 굴리면서
놀고 있었습니다.
나는 날쌘이를 꾸짖고
인형을 피아노 위에 얹었습니다.
그러니까 날쌘이가
'우오오'
하는 소리를 내더니 피아노에 뛰어올랐습니다.
피아노는
가라라랑, 키키키키이 드랄랄랑.
볼로, 즈텡키이이.
하는 굉장한 소리를 냈습니다.
깜짝 놀랐습니다.
갑자기, 엄마도 소리를 질렀습니다.

KEUN YOUNG

일본 어린이가 쓴 시 100꼭지를 이오덕 님이 손수 한국말로 옮겼다.

을 짓습니다. 이런 사람은 말을 짓고 이름을 짓습니다. 보금자리가 하나둘 모여 마을하고 고을을 짓지요. 그리고는 꿈·생각·사랑을 짓습니다. 글짓기란 무엇일까요? 아무것도 없구나 싶은 곳에서 우리 두 손·두 다리·온몸·온마음을 기울여서 새롭게 나타나도록 하는 '짓기'를 글에서 이루는 일이자 놀이입니다.

이오덕 님이 글쓰기라는 이름을 새로 지어야겠다고 여길 적에는, 맨 처음 글짓기라는 말이 태어난 바탕을 고이 살려서 우리 삶을 꾸밈없이 북돋우는 길에서 글 한 줄로 사람을 노래하자는 뜻이라고 느낍니다. 우리 스스로 '짓기'를 잃거나 잊었기에, 앞으로 참짓기로 나아가자면, 먼저 수수하고 투박하게 우리 모습을 똑똑히 바라볼 줄 알아야 한다고 여겼구나 싶습니다.

> 농촌 사람들이 쓰는 깨끗한 우리 말은 시골말이니 사투리니 하여 멸시를 받고 버림을 받지요. 그래서 방 안에서 책만 읽는 어른들이 글에서 쓰는 한자말이나 서양말을 즐겨쓰는 풍조가 돌림병처럼 온 국민에게 번져 있으니 예삿일이 아닙니다. 보기를 들면 '씨앗'을 '종자'라 하고, '씨앗을 심는다(뿌린다)'고 말할 것을 '파종한다'고 하고……. (29쪽)

정말 그때 농촌 아이들은 점심을 제대로 못 먹는 아이가 많았습니다. 그런데다가 집에서고 논밭에서고 일이 많았지요. 하지만 오늘날처럼 아이들이 학교와 학원에 끌려다니면서 날마다 외우고 쓰고 하는 공부에 시달리지는 않았습니다. 배가 고팠지만 봄부터 가을까지 산과 들에 가면 따먹을 수 있는 열매들이 많았습니다. 일이 많아서 더러 싫증이 나기는 했지만 산과 들은 어디를 가도 놀이터요 장난감들이었고, 일이라는 것도 무슨 일이든지 그것을 놀이 삼아 재미있게 했습니다. (13~14쪽)

아주 줄여서 말하면, 남의 위에 올라서려고 서로 다투는 공부를 그만두고, 그와는 반대로 서로 도우면서 살아가도록 해야 합니다. 교실에서나 바깥에서 몸을 움직여 일하고 놀고 한다면 저절로 참된

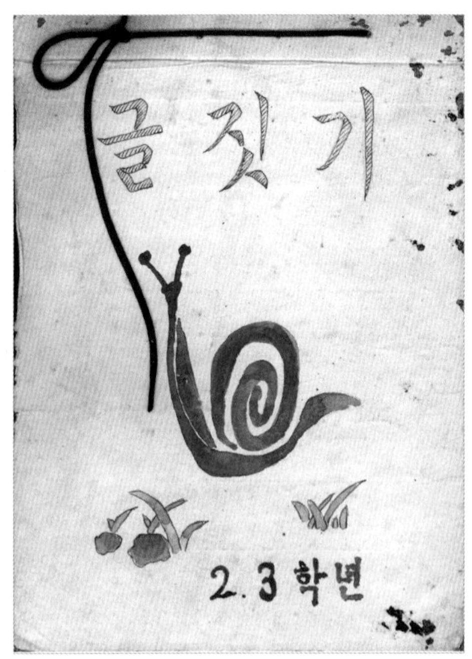

이오덕 님도 처음에는 '글짓기'라는 말을 썼다. 그러나 정부에서 시키는 '작문 교육'이 너무 끔찍했기 때문에 나중에 '글쓰기'라는 이름을 새로 지어서 썼다. 가르친 아이들 글을 손수 묶어 놓았다.

하늘
하늘이 봄을 기다리고 있는 것 같다.
하늘이 조금 새파랗다.
새가 봄이 올라 캉깨 좋아서
막 날아다닌다. (2.22)

이오덕 님은 아이들한테 종이를 작게 잘라서 한 장씩 나누어 준 뒤에, 이 작은 종이에 꼭 쓰고픈 만큼만 글을 쓰고 그림을 그리도록 이끌었다. 아이들은 처음에는 몇 글씨를 못 적었지만, 이내 종이가 모자랄 만큼 저마다 살아가는 이야기를 썼고, 나중에는 이 글·그림종이에서 보듯이 빈자리를 살리는 멋진 그림을 선보이기도 했다.

공부가 될 수 있습니다. 이런 즐거운 공부를 해야 어린이들은 행복해지고, 착하고 바르게 살아가는 사람이 됩니다. (126쪽)

서울에는 사고 싶은 예쁜 옷이 많았는데 시골에는 없다고 했지요? 어떤 것을 예쁘다고 하는지 보기에 따라 다릅니다. 겉으로 화려하게 보이는 것을 예쁘다고 하고, 서양사람들이 입는 것이면 무엇이든지 좋다고 해서 입고 싶어하는 것이 거의 모든 서울사람들의 태도입니다. 병든 사회를 만들어 가는 사람들은 덮어놓고 남의 것 흉내내고, 겉모양만 근사하게 꾸며서 살아갑니다. (132쪽)

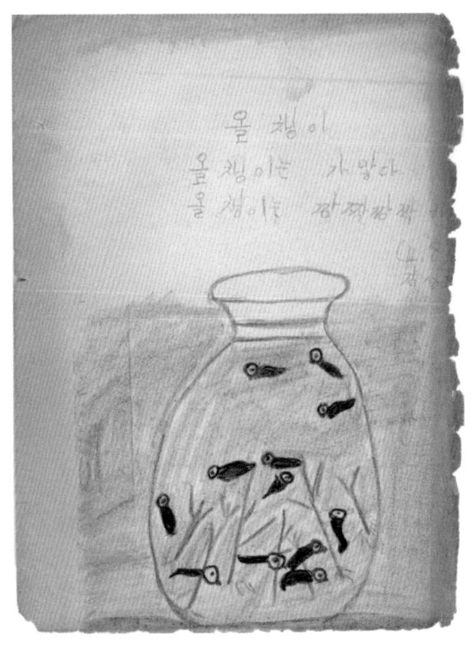

김성호 어린이가 쓰고 그린 '올챙이' 이야기. 이오덕 님은 연필이나 색연필을 이녁 주머니를 털어서 장만해 아이들이 즐겁게 글을 쓰고 그림을 그리도록 이끌었다.

좋은 책을 찾아 읽기가 힘드니 나쁜 책을 읽게 되더라도(어떤 책 속에 좋지 않은 내용이 들어 있더라도) 그것을 바로 읽고 비판하는 태도로 읽으라는 말입니다. (173~174쪽)

우리는 꾸며야 할 까닭이 없습니다. 우리는 가꿀 노릇입니다. 참말로 찬찬히 생각해야지요. 논밭을 가꾸어야지 꾸밀 까닭이 없어요. 집을 가꾸어야지 꾸밀 까닭이 없어요. 삶을 가꾸고, 글을 가꾸며, 넋을 가꿀 노릇입니다. 겉보기로만 이뻐 보인다고 해서 속알이 이쁘지 않습니다. 속알이 여물고 고울 적에 이러한 고운 빛살이 바깥으로도 시나브로 퍼지면서 이쁘구나 하고 느낄 만합니다.

'글을 어떻게 써야 할까요?'하고 떠난 어른한테 여쭙니다. 떠난 어른은 '네 삶을 고스란히 쓰렴, 네 사랑을 그대로 쓰렴, 네 살림을 고이 쓰렴'하고 속삭여 줍니다. 그리고 '네가 스스로 찾거나 느끼거나 생각하지 않는다면 너는 네 글을 언제까지나 못 쓴단다'하고도 속삭여 줍니다.

참글을 쓰자면 참삶을 가꾸는 길을 걸으면 됩니다. 거짓글을 쓰는 분은 거짓삶으로 나아가니, 이러한 삶이 그대로 글에 나타나겠지요. 어떤 글을 쓰려 하는가를 생각하면 됩니다. 어떤 삶을 가꾸거나 지으면서 스스로 즐겁게 하루를 노래하려는가를 살피면 됩니다. 다른 사

中央日報 1993년10월11일 月曜日

어린이 「마음의 세계」 담는게 중요

솔직한 표현이 참글쓰기 지름길

독서·심부름등 「경험폭」 늘려줘야

生活떠난 논리학습은 「글짓기」로 흐를까 우려

「글쓰기 어떻게 가르칠까」 펴낸 李五德씨

인터뷰

빗나간 動機 걱정

百害無益한 책들

人間교육에 도움

1993년 10월 11일 중앙일보 취재글. 글쓴이는 이 신문 취재글을 고등학교 3학년이던 때에 보았고, 마음에 남아서 잘 오려 건사해 놓았다.

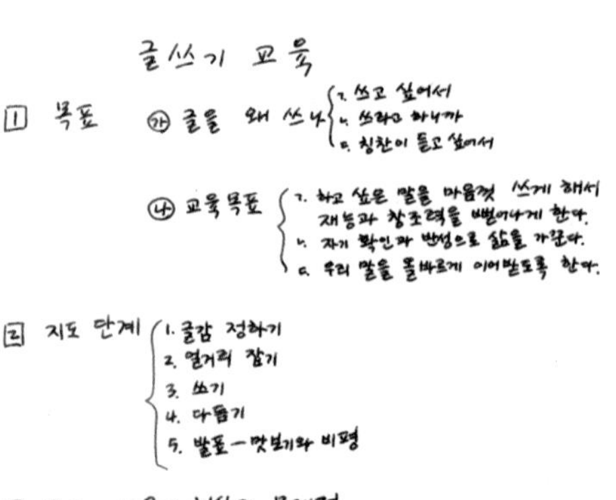

글쓰기 교육

1 목표 (가) 글을 왜 쓰나 ㄱ. 쓰고 싶어서 ㄴ. 쓰라고 하니까 ㄷ. 칭찬이 듣고 싶어서

(나) 교육목표 ㄱ. 하고 싶은 말을 마음껏 쓰게 해서 재능과 창조력을 뻗어나게 한다. ㄴ. 자기 확인과 반성으로 삶을 가꾼다. ㄷ. 우리 말을 올바르게 이어받도록 한다.

2 지도 단계 1. 글감 정하기 2. 얼거리 잡기 3. 쓰기 4. 다듬기 5. 발표—맛보기와 비평

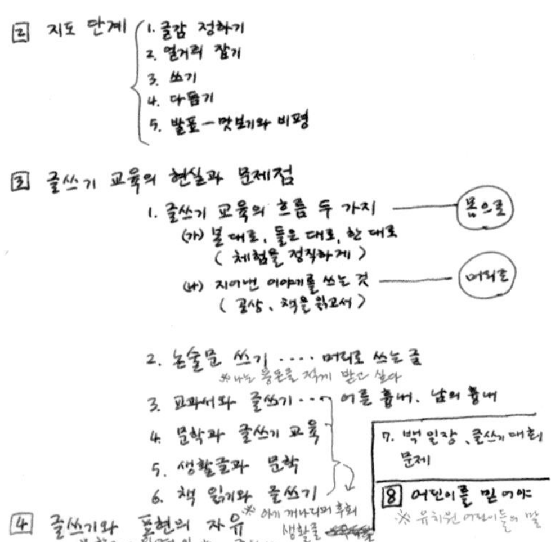

3 글쓰기 교육의 현실과 문제점

1. 글쓰기 교육의 흐름 두 가지 — 몸으로
(가) 본 대로, 들은 대로, 한 대로 (체험을 정직하게)
(나) 지어낸 이야기를 쓰는 것 (공상, 책을 읽고서) — 머리로

2. 논술문 쓰기 .... 머리로 쓰는 글
3. 교과서와 글쓰기 ... 어른 흉내, 남의 흉내
4. 문학과 글쓰기 교육
5. 생활글과 문학
6. 책 읽기와 글쓰기
7. 백일장, 글쓰기 대회 문제
8 어린이를 믿어야
※ 유치원 어린이들의 말

4 글쓰기와 표현의 자유

이오덕 님이 아이들에게 글쓰기를 가르치려고 짜 두었던 밑틀

어린이문학을 비평하는 글에 넣을 그림

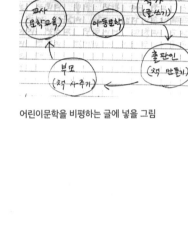

람이 읽어 주기를 바라는 글이 아니라, 스스로 삶을 즐겁게 지피면서 언제나 새롭게 쓸 수 있는 글입니다.

글이란, 먼 데에서 못 찾습니다. 훌륭한 어른한테서 못 배웁니다. 대단한 책에서 못 읽습니다. 모든 글은, 우리가 스스로 지어서 쓸 수 있습니다. 어떤 글이든, 우리가 날마다 살아가는 결에 맞추어 새롭게 태어납니다.

이오덕 님이 쓴 어린이 글쓰기 책

《글짓기 교육》 1965, 아인각

《아동시론》 1973, 세종문화사

《글짓기 지도의 이론과 실제》
1984, 교육자료사

《어린이는 모두 시인이다》
1988, 지식산업사

《글쓰기, 이 좋은 공부》
1990, 지식산업사

상냥하게
웃고 싶다

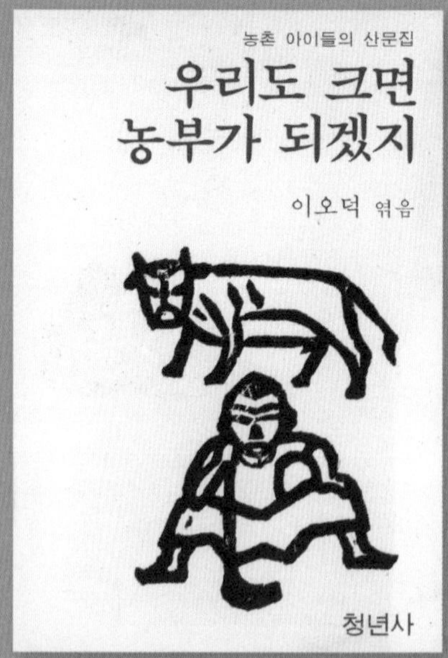

농촌 아이들의 산문집
우리도 크면
농부가 되겠지
이오덕 엮음
청년사

《우리도 크면 농부가 되겠지》 1979.1.22. 청년사. 어린이 글모음

이오덕 님이 1950년대부터 1980년대에 이르기까지 멧골 어린이를 마주하면서 쓴《우리도 크면 농부가 되겠지》에는 아무래도 시골지기가 되겠지 하는 생각으로 살아가는 어린이 마음이 환하게 드러납니다. 나고 자란 터를 새로 일구면서 살자는 뜻이 드러납니다. 어린이로서 어른을 바라보는 눈길도 드러납니다. 어린이로서 어른한테서 느낀 아쉽거나 안타까운 생각, 기쁘게 배우고 고마이 받아들이는 슬기로운 살림살이가 드러납니다.

그래요. 그렇더군요. 어린이는 모두 배웁니다. 즐거움도 미움도 배우고, 기쁨 · 슬픔 · 사랑 · 따돌림도 배웁니다. 어린이인 터라 어른이 보여 주는 모든 틀을 고스란히 물려받아서 따라하는 몸짓을 보여 줍니다. 그렇지만 어린이는 어른하고 다르더군요. 어른이 미워하거나 싸우거나 괴롭히는 짓을 보여 주더라도 이런 얄궂은 틀을 훌훌 털어버리는 몸짓을 보여 주곤 합니다.

더 파고든다면 어른 모습이란, 이 어른이 예전에 어린이였을 적에 옛날 어른한테서 보고 듣고 배운 모습이겠지요. 먼먼 옛날부터 흐르고 흐른 얄궂은 모습을 우리 어른들이 바로잡거나 고치거나 가다듬지 않으면 우리 아이들이 이를 똑같이 따라할 수 있습니다. 때로는 우리 어른들 어리숙한 짓을 털어낼 아이들이 있을 테고요.

오늘 소 뜯기로 가니까 어디서 논매기 소리가 들려왔습니다. 우리도 크면 저런 농부가 되겠지 하는 생각이 들었습니다. (우리도 크면 농부가 되겠지, 상주 청리 4년 최인모, 1964.7.20.)

《우리도 크면 농부가 되겠지》에 실은 어린이 그림

나는 어제 담배 조리를 하고 나니 손이 검었습니다. 또 손을 씻고 보니 담배 냄새가 났습니다. 엄마 손에는 냄새가 더 많이 났습니다. 나는 엄마한테 냄새가 왜 이렇게 나노 물어보았습니다. 엄마는 담배 조리를 또 했습니다. 방에 가서 시계를 보니 9시였습니다. 나는 그만 잤습니다. 하늘에는 별이 반짝반짝 놓어 있었습니다. 별이 예쁘게 보이는 것도 있었습니다. (담배 조리, 안동 길산 2년 이인경, 1978.9.16.)

어제 점심때 새끼를 꼬고 있었다. 아버지는 짚을 많이 쥐고 하는데 보니 새끼가 아주 굵고 내가 까 논 것은 아주 가늘다. "아버지요, 왜 고키 굵기 까요?" "집 일 새낑깨 굵기 까지 웃째." "나는 가만히 앉아서 깍까?" "그래 아문따나 깔라마." 나는 짚뿍시기에 앉아 새끼 까 놓은 것을 붙들고 짚을 둘 집어 들고 양쪽에 끼어서 손으로 비비니 부시륵부시륵 한다. 그래 나는 막 빨리 깠다. (새끼 꼬기, 상주 청리 3년 김경수, 1963.11.18.)

산 그림자가 마당에 들 때 저녁밥을 했습니다. 보리쌀을 씻고 또 씻어 가지고 물을 바개수에 부어 가지고 또 씻었습니다. 그래서 고만 씻고 솥에 물을 부어 놓고 앉혔습니다. 앉혀 놓고 불을 넣었습니다. 불을 넣어 놓고 밥이 퍼지나 상근 있었습니다. 조금 있다가 퍼졌습니다. 그래서 나는 장재기를 꺼냈습니다. 한 가재이만 나두고 다 꺼냈습니다. (밥하기, 안동 임동동무 대곡분교 3년 성숙희 1969.6.)

나는 동생을 보았습니다. 내 동생은 젖이 먹구저서 울었습니다. 달개도 안 되고 자꾸 웁니다. 나도 눈물이 나서 동생을 업고 가두둘 가서 동생을 젖을 먹여 가지고 왔습니다. (담배 심기, 안동 임동동부 대곡분교 2년 권순교, 1969.5.25.)

내캉 용한이와 미술이와 교문을 나왔을 때 미술이가 넌 엄마 물에 빠졌다고 했다. 용한이와 내캉은 울면서 집으로 왔다. 누나는 나가고 밖에서 울고 있으니 작은누나가 왔다. 나는 엄마 물에 빠졌다고 했다. 나는 누나보고 용한이와 강에 가 봐라고 하고 나는 할머니 못 나가게 한다고 했다. 누나와 용한이나 나가디만 또 집으로 오고 있었다. (아버지 어머니가 돌아가신 일, 안동 길산 6년 김요섭, 1978.7.20.)

여덟 살 나이라면 밥을 지을 줄 알던 예전 시골 어린이 모습을 읽습니다. 열 살 나이라면 어린 동생쯤 얼마든지 업고 다니면서 어를 줄 아는 예전 시골 어린이 모습을 읽습니다. 열두 살 나이라면 어른 못지않게 지게나 등짐을 짊어지고서 살림 한 자리를 톡톡히 맡던 예전 시골 어린이 모습을 읽습니다.

아버지가 돌아가신 일을 아이가 쪽종이에 적습니다. 이윽고 어머니마저 돌아가신 일을 아이가 쪽종이에 적습니다. 이 아이는 오래지 않아 멧골집을 떠납니다. 맏이로서 어린 동생들을 홀로 건사할 수 없어서 텃마을을 떠나 다른 곳으로 갑니다. 그때 이오덕 님은 이 어린 제자한테 어떤 말을 건네고 어떤 손길을 보냈을까요? 어버이 죽음을

(1)

〈자료〉

[1] 학교에서 있었던 일 문원 2년 조인숙

교실에서 동화책을 읽고 있는데 선생님이 오셨다. 선생님께서 우리들에게 회의를 하러 갔다 온다고 조용히 있으라고 하셨다. 반장과 부반장에게는 떠드는 사람은 칠판에 이름을 적어 놓으라고 하셨다. 그때 반장이 이름을 적고 있는데 부반장이 적은 이름을 다 지워 버렸다. 부반장이 칠판을 지운 까닭은 반장이 여자 부반장이 떠들었다고 이름을 적어서 부반장이 화가 난 것이다. 그러자 반장과 부반장의 싸움이 크게 벌어졌다.

선생님이 들어오시고 창피하게 반장과 부반장은 벌을 서게 됐다. 반장과 부반장은 창피한 것도 모르고 우리들의 앞에서 웃기만 하였다. 선생님께서 우리들에게 반장과 부반장을 때려줄까 용서해 줄까 하면서 물었다. 우리들은 용서해 주라고 말했다. 그렇지만 선생님께서는 용서해 주시지 않고 때려 주었다.

반장과 부반장은 왜 그런 것 가지고 싸워서 매를 맞는지 정말 창피한 일이다. 나는 3학년이 되었을 때 만일 내가 반장이 되면 그런 일 가지고 싸우지 않겠다고 결심하였다. (93.5)

[2] 우리 선생님 4학년. 남

나는 우리 (학교) 선생님이 싫다. 아주 아주 재수가 없다. 숙제를 너무 많이 내주기 때문이다. 또 아이들을 너무 많이 때린다. 그럴 때는 선생을 죽도록 패고 싶다.

우리 담임은 선생님이라는 자격조차 없다. 1시간씩 늦게 끝내고 아이들을 잘 때리기 때문이다. 나는 내가 선생이고 우리 담임이 아이들이라면 우리를 때린 것의 2배로 때려줄 것이라는 생각을 여러 번 해 보았다.

우리 반에서 ○○○을 좋아하는 사람은 1명도 없을 것이다. 방학 동안 편지 보낸 사람도 1명도 없을 것이다. 나는 우리 선생이 꼴도 보기 싫다. 욕을 해 주고 싶다.

우리 엄마도 선생을 싫어한다. 빨리 5학년이 되어 선생과 헤어졌으면 좋겠다. (95.1.17) (《글쓰기》 창간호. 김선철 선생 지도)

[3] 어머니, 좀 참아 주세요 6학년. 이

공책을 내어 시를 쓰는데 어머니께서

"그거 무슨 공책이고?"

하셨다. 내가 숙제장이라고 하니

"무슨 숙제장이 뭐 줄간 찾기를 다 쓰고 뭐 그렇노."

하시면서 시 쓰기 공책을 빼앗았다.

난 안 뺏길라고 공책을 꼭 잡았다. 그러다가 공책 꺼풀을 조금 째 버리고 말았다.

"이게 무슨 숙제장이고!"

하면서 내가 그때 시 썼는 것을 읽어 보시고

"내가 고양이한테 밥 주지 마라 한다고 공책에 다 쓰나. 어미 애비를 욕보이고, 너는 글 잘 썼다고 칭찬 듣고 좋겠제."

옆에 계시던 아버지께서도

"고양이. 내일 다 죽였뿔라마. 어데 그딴 글 쓰노."

하시며 부룩부룩 화를 내셨다.

(2)

난 겁이 덜클 났다.

난 이때까지 편한 마음으로 글을 써 본 일이 없다. 어머니께서 또 뭐라 하실까봐. 특히 밤에 일기 쓸 때 마음을 조마조마 졸이면서 쓴다.

난 어머니 욕 보이기 위해서 쓴 글이 아닌데 어머니께선 자꾸 오해를 하신다. 이럴 땐 당장 글 썼는 것을 다 잡아 째 버리고 글쓰기 못하겠다고 선생님께 말씀드리고 싶다.

난 이 글쓰기 때문에 자꾸만 욕을 얻어 먹는다. 한 며칠 지나고 나면 괜찮겠지만 그래도 어머니께 무슨 말을 잘 못하겠다. 어머니께 이 글쓰기 공책을 불에 태우라고 하는 꾸중을 한 번 들으면 만사가 귀찮다. 다른 일 가지고 꾸중듣는 것은 괜찮아도 글 썼는 거 가지고 꾸중들으면 모두 다 하기 싫다. 하지만 참고 쓴다.

어머니, 이제 제발 오해 좀 하지 말아주세요. (〈글쓰기교육 94.10 이호철 선생 지도)

[4] 나는 용돈을 적게 받고 싶다. 매천 3-3 이현욱

우리 어머니는 용돈을 많이 주신다. 나는 어머니가 용돈을 일주일에 100원씩 주셨으면 좋겠다.

이렇게 적게 받고 싶은 이유는 첫째는 저금을 하셔야 하기 때문에 그렇게 하셨으면 좋겠고, 둘째는 우리 차는 엔진도 안 좋고 너무 오래 되어서 바꾸어야 하기 때문에, 세째는 다른 아이는 용돈을 적게 받아서 날..부러워하기 때문이다. 나는 남이 날 부러워하는 것을 싫어한다.

네째는 용돈을 많이 주시면 어머니께서 돈이 모자라 사야 되는 물건도 사지 못하시기 때문이다.

다섯째는 내가 좋아하는 외식을 많이 하지 못하고, 공원에 가서 놀이기구를 많이 타지 못하기 때문에 그렇다.

나는 이런 이유 때문에 용돈을 적게 주셔야 한다고 생각한다.

만약 우리 어머니처럼 어른들이 아이들에게 용돈을 많이 주신다면 내가 어른이 될 때쯤은 온 세상 사람들이 돈밖에 모르겠다.

[5] 용돈 광음 3-2 이민호

어머니께서 요즈음에는 용돈을 200원 정도밖에 주시지 않는다.

2학년 때는 500원을 받았었다. 어머니는 참 이상하다. 용돈을 달라고 하니 말을 잘 들으면 준다고 해 놓고 나는 말을 잘 들었는데 어머니께서는 용돈을 조금 주신다. 다른 아이들은 1000원, 2000원씩 받는데 난 200원 받는데 이상하였다.

한원이가 나에게 떡볶이 3백원어치를 사 주었다. 한원이 보고

"넌 좋겠다. 용돈도 많이 받고."

라고 말하자 한원이는

"이 정도는 기본이야. 더 사 줄까? 나한테 집에 만 오천 원 있고 지금 이천 원 있어."

나는 깜짝 놀랐다. 나는 어머니께서 군것질을 할까 봐 조금밖에 안 주시지만 한원이 어머니는 너무 하신 것 아닌가. 참 이상하였다.

그런데 한원이가 나한테 사 준다고 빨리 오라고 하였지만 사양하였다.

그러나 한원이가 나를 끌고 분식점에 들어가 떡볶이 500원어치를 사 주었다. 떡볶이 다 먹고 분식점에서 나와 한원이와 같이 갔다.

그런데 어떤 형들이 한원이에게 돈을 내 놔라고 했다. 깡패인가 보다. 한원이와 나는 죽어 뛰어갔다. 다행히 따라오진 않았다.

나는 이제 왜 어머니께서 돈을 별로 주시기 않는 이유를 알았다. 나는 이제 어머니가 자랑스러웠다.

(1994 '봄꽃 맺는 아이들')

[6] 우리에게 있어서 가장 소중한 가치는 무엇인가? 여러 가지 대답이 나올 수도 있겠지만 대부분은 생명의 가치를 최우선적으로 거론할 것이다. 모든 생명은 그것이 지닌 일회성과 유한성 때문에 절대적 가치로 평가받아야 한다. 그럼에도 불구하고 생명의 존엄성을 철저히 무시한 각종 범죄나 사건들이 빈번히 발생함으로써 생명의 본질적 가치에 대한 회의적 경향이 만연해 있는 것이 오늘날 우리의 현실이기도 하다. 생명의 소중함이 경시되는 구체적 사례와 그 원인을 분석함으로써 우리가 모든 생명에 대해 가져야 할 올바른 자세는 무엇인지 모색해 보기로 하겠다. ……

(논술문제 〈생명의 소중함을 논하라〉 최우수작 94.10.14 한국일보)

[7] 우리에게(한테) 무엇이 가장 소중할까? 여러 가지 대답이 나올 수 있겠지만,

(3)

거의 모두 목숨을 가장 먼저 말할 것이다. 모든 목숨은 그것이 끝이 있고 단 한 번밖에 없는 것이기 때문에 절대로 가치가 있다고 보아야 한다. 그런데도 목숨의 존엄함을 아주 무시한 온갖 범죄 사건들이 자주 일어나서 목숨이 본래부터 가지고 있는 가치를 의심하는 경향이 번져가고 있는 것이 오늘날 우리 현실이다. 소중한 목숨을 가볍게 보는 실제 보기와 그 원인을 분석하여, 우리가 모든 목숨에 대해 어떤 태도를 가져야 할 것인지 생각해 보기로 하겠다.

[8] 사회적 존재로서의 인간의 삶은 공간적으로는 물론 시간적으로도 고립되어 형성될 수 없다. 우리는 과거로부터 물려받은 유산을 평가하고 그것을 바탕으로 다음 세대에게 물려줄 보다 나은 미래를 구상하면서 현재를 살아간다. 과거-현재-미래의 이러한 유기적 연결성을 논의의 축으로 하여 오늘날 여러분이 해야 할 일을 제시하라. (95서울대 논술문제)

[9]

- 글을 읽게 된 동기가 어디에 있습니까?
- 이 글의 주제는 무엇입니까?
- 이 글을 통하여 작자가 주장한 것은 무엇인가?
- 죽어의 역사를 알아 보자.
- 이 소설에서 작자의 의도가 누구의 입을 통하여 드러났다고 할 수 있겠는가?
- 고려 왕조의 성립은 죽어의 역사에 있어서 어떤 의미가 있는가?
- 유아와의 언어적 상호작용 어떻게 할 것인가?
- 민족이란 어휘의 본래적인 개념의 의미는 무엇인가?
- 주의 대적을 인하여 어린아이와 젖먹이의 입으로 말미암아 권능을 세우심이여, 이는 원수와 보수자로 잠잠케 하게 하려 하심이니이다 (시편8:2)

이오덕 님이 손수 옮겨 적은 아이들 글

그야말로 차분히 적바림한 아이를 지켜보아야 한 이오덕 님은 아이한테 어떤 말을 들려줄 수 있었을까요?

떠난 어른은 어린이 글에 군말을 안 붙입니다. 오직 시골 아이 글만 줄줄이 보여 줍니다. 추운 겨울부터 새봄을 지나 여름하고 가을을 맞이하는 한 해 네 철을 가로지르는 이야기를 가만히 보여 줍니다. 눈물짓는 아이들 삶을 아이들이 손수 적도록 이끌어 줍니다. 웃음짓는 아이들 노래를 아이들이 스스로 활개치도록 북돋아 줍니다.

글쓰기란 이렇군요. 잘남도 못남도 없는 있는 그대로가 아름다운 글쓰기입니다. 오직 고운 사랑 한 가지로 마음을 가꾸는 길을 우리가 스스로 여는 글쓰기입니다.

> 오늘 아침을 먹고 나와 순희와 빨래를 했습니다. 내가 두 가지 빨 동안에 순희는 한 가지밖에 못 빨았습니다. 내가 일곱 가지, 순희가 여섯 가지 빨 때 또 순희네 새형님과 순희네 어머니와 빨래를 한 버지기, 한 세숫대씩 가지고 와서, 나는 우리 것을 다 빨고 순희네 것을 빨아 주었습니다. 20가지 빨아 주고 내가 발을 씻으니 순희네 새형님과 순희 어머니가 고맙다 합니다. (빨래, 안동 임동동부 대곡분교 3년 김후남, 1969.5.25.)

> 마늘밭 밑에는 샘물이 있고 옆에는 또 우리 밭이 있다. 위에는 논이 있고 논 옆에는 장길이 있다. 한참 하다가 땀이 하도 흘러서 물을 좀 먹고 또 시작했다. 작은누나는 삽가래로 뜨고 나는 흙덩어리를 털었

다. 또 땀이 나서 낯을 씻고 물을 먹고 발을 적셔서 시작했다. 숙이는 물이 땀으로 되어서 나보다 더 많이 났다. (마늘 캐기, 안동 길산 3년 이상덕, 1977.7.)

목화가 두 다물 남았는 것을 열심히 땄습니다. 목화를 따니 손이 아팠습니다. 그래서 내가 돌배나무 밑에서 쉬다가 또 따기 시작하였습니다. 그래서 손을 빨리 빨리 놀려서 따다가 목화나무에 똑바로 눈 밑에다 찔렀습니다. 그래서 열심히 따 가지고 내가 보따리에 싸 가지고 이고 다라기에 미고 큰언니는 홑이불에 이고 작은언니는 다라기에 봉실봉실한 것을 이고 집으로 돌아갔습니다. (목화, 안동 임동동부 대곡분교 3년 심필련, 1968.12.9.)

우리는 오늘날 제3세계 어린이 노동을 이야기합니다만, 우리가 살아가는 이 나라도 얼마 앞서까지 제3세계인 줄 잊기 일쑤입니다. 서울에서뿐 아니라 시골에서 여덟아홉 살 아이들이 담배 조리를 한 줄 잊거나 모르기 일쑤이지요. 새벽부터 밤까지 어버이 곁에서 쉴 틈이 없이, 아예 놀 틈조차 없이 일손을 거들던 시골 아이들은 먼먼 딴 나라 이야기가 아닙니다. 바로 우리 이야기입니다.

2000년대를 살아가는 한국에서는 일하는 어린이가 드물다 하지만, 이 얘기도 남녘 얘기일 뿐입니다. 한겨레인 북녘을 바라보면서 일하는 북녘 어린이를 어떻게 마주해야 할까를 생각할 수 있어야지 싶습니다. 그리고 일을 안 하는 남녘 어린이는 앞으로 어떤 어른으로

박금순 어린이가 닭한테 모이를 주는 일을 그린 그림

자라날 만한가도 생각할 수 있어야지 싶습니다. 참말로 일을 안 하는 남녘 어린이는 앞으로 슬기롭거나 씩씩하거나 튼튼하거나 아름답거나 사랑스러운 마을일꾼·집일꾼·나라일꾼·누리일꾼이 될 수 있을까요? 손에 물을 안 묻히고서 시험공부만 잘 하는 아이들이 앞으로 이 나라에서 어떤 몫을 맡을까요? 밥을 할 줄 모르고, 옷을 기울 줄 모르며, 집을 지을 줄 모르는 아이들이 앞으로 이 나라에서 무슨 일을 할 수 있을까요?

일을 고되게 해야 할 까닭이 없습니다. 참말로 일을 고되게 해서는 안 되지요. 그러나 일을 모르기에 놀이를 모르지 싶습니다. 즐거이 나누는 일하고 멀어지기에 즐거이 나누는 놀이하고도 멀어지는구나 싶

1984년에 엮은 《참꽃 피는 마을》이라는 어린이 글모음에 실린 그림

습니다. 일할 줄 모르면서 살림할 줄 모르는 어른이 되고, 일하는 기쁨을 모르면서 사랑하는 기쁨을 모르는 어른이 되지 싫어요.

어제 학교에서 돌아와서 점심을 먹고 나물을 뜯으러 가니까 우리 큰엄마 무덤 앞에 할미꽃이 예쁘게 피어 있습니다. 그걸 보다가 내비 두고 딴 데 가서 나물을 뜯어 가지고 와서 집에 갖다 놓고 다시 우리 큰엄마 무덤 앞에 가서 할미꽃을 자세히 들여다보니까 하얀 털이 보얗게 묻어 있습니다. (할미꽃, 상주 공검 2년 권명분, 1959.2.27.)

교실에서 밖을 내다보니 아가시 꼭두배기가 고개를 들고 우리 공부하는 것을 봅니다. 그러다가 바람이 불면 고개를 요리조리 돌립니다. 바람이 시기 불면 온 둥치가 막 날립니다. 가재이는 우리 교실에 걸어올라 카는 것 같습니다. (아가시아, 상주 청리 3년 김용구, 1963.6.14.)

노란 풀잎들은 이제 봄이라고 올라옵니다. 노란 풀잎은 아기처럼 부드럽고 작았습니다. 나는 풀잎을 만져 주었습니다. 풀잎들은 좋다고 웃는 것 같습니다. 그래 나는 그것을 보고 참 기뻤습니다. (풀잎, 상주 공검 2년 임도순, 1959.3.16.)

상냥하게 웃고 싶은 마음을 가만히 읽어 봅니다. 상냥하게 이야기하고 싶은 뜻을 조용히 읽어 봅니다.《우리도 크면 농부가 되겠지》는 어른인 우리가, 푸름이인 우리가, 어린이인 우리가 앞으로 크면 스스로 무엇이 되려 하느냐를 넌지시 묻는 책이지 싶습니다.

지난날 멧골 아이들은 이오덕 님한테 '그러면 선생님은 어떤 사람이 되고 싶나요?'하고 물었지 싶어요. 마흔 살 어른이지만 쉰 살 어른이 되면 어떤 모습이 되겠는지 묻고, 쉰 살 어른이지만 예순 살 어른이 되면 어떤 몸짓이 되겠는지 물으며, 예순 살 어른이지만 일흔 살 어른이 되면 어떤 살림이 되겠는지 묻는다고 할까요.

어른도 큽니다. 자, 마흔 살 어른이나 예순 살 어른인 우리는 앞으로 커서 어떤 새로운 어른으로 우뚝 서려는지 차근차근 헤아리면 좋겠습니다.

이오덕 님이 쓴 어린이 글모음 책

《일하는 아이들》
1978, 청년사

《나도 쓸모 있을걸》
1984, 창작과비평사

《우리 반 순덕이》
1984, 창작과비평사

《이사 가던 날》
1984, 창작과비평사

《어린이 시》 1984, 온누리

《참꽃 피는 마을》
1984, 온누리

《웃음이 터지는 교실》
1985, 창작과비평사

《허수아비도 깍꿀로 덕새를 넘고》 1998, 보리

웃으면서 푸는 수수께끼

《울면서 하는 숙제》 1983.8.15. 인간사. 어린이 교육 비평

제가 다닌 초·중·고등학교는 숙제를 늘 엄청나게 쏟아냈습니다. 학교에서 내준 숙제만 하더라도 하루가 모자라기 일쑤였습니다. 숙제가 멧더미처럼 많아서 늘 울어야 했습니다. 이를 보다 못한 우리 어머니는 제 몫 숙제를 덜어 주기도 했습니다. 집안일로 언제나 바쁘고 힘들 텐데, 고작 국민학생인 아이가 밤 열한 시나 열두 시가 되어도 끝날 줄 모르는 숙제에 매달리는 모습을 지켜보다가 "너희 선생님도 너무하지. 어떻게 아이한테 이런 숙제를 내니?"하고 한마디 하곤 했습니다.

1982년부터 1993년까지 학교에서 지낸 열두 해를 돌아보면, 학교가 시키는 대로 할 적에 우리로서는 다른 데에는 눈길을 둘 수조차 없습니다. 교과서로만 배우고 숙제를 하고 시험문제를 푸는 데에 열두 해를 꼬박 바쳐야 하는 나날입니다. 이러다 보면 우리는 참말 아무것도 할 수 없더군요. 이를테면 집에서 심부름을 할 틈이나 밥을 먹고 나서 설거지를 할 겨를이 없습니다. 비질을 하거나 걸레질을 할 말미를 낼 수 없습니다. 학교에서 배우느라 어머니 말씀이나 아버지 이야기를 들을 짬조차 없고요.

학교는 우리가 집에서 어버이하고 멀어지도록 이끄는 구실을 했구나 싶습니다. 학교는 우리가 집에서 아무것도 못 배우도록 했구나 싶습니다. 학교는 우리가 마을에서도 이웃 어른하고 멀어지도록 이끌었고, 마을동무나 마을어른한테서 아무것도 배울 수 없도록 했구나 싶습니다.

참말 이와 같은 학교 얼거리인 터라, 아이들이 학교에 오래 다니면

다닐수록 마을 이야기이며 집안 이야기를 모릅니다. 아이들은 교과서나 시험문제를 잘 알는지 모르나, 마을이 언제 어떻게 생겨서 오늘날 어떤 흐름인가를 읽거나 느끼지 못합니다.

아이들이 사는 집도 엇비슷합니다. 아이들 어버이는 집밖에서 돈을 버느라 바쁩니다. 새벽부터 밤까지 집을 떠나 일하는 어버이가 많습니다. 아이가 제 나름대로 짬을 내어 어버이랑 말을 섞고 싶어도 말을 섞기 어려울 뿐 아니라, 아이로서는 밤늦게 집으로 돌아오는 어버이 얼굴을 보기 어려울 수도 있습니다.

> 여러분, 살림이 넉넉해서 시설 좋은 학교에서 걱정 없이 공부하는 학생들이 피와 땀으로 살아가는 아이들만큼 참되고 아름다운 마음을 갖지 못하는 것은 무슨 까닭일까요? 나는 며칠 전 이웃의 어느 농삿군한테서 이런 얘길 들었습니다. 너무 좋은 땅에 난 곡식, 비료를 너무 많이 주어서 자란 곡식, 이런 곡식은 병들기 쉽고, 맛도 없지만, 박토에서 비바람과 가뭄에 시달려 자란 곡식은 병도 안 들고 맛도 좋다는 겁니다. (19~20쪽)

> 나는 어린이들이 장차 과학의 노예가 되지 말고 철학자가 되기를 원합니다. 기계의 부속품이 되지 말고 생각하는 인간이 되었으면 합니다. (47쪽)

《울면서 하는 숙제》라는 책을 읽으면서 이오덕 님은 교사로 일하던 지난날 얼마나 아이들 아픈 마음을 헤아렸는가 하고 생각해 보았습니다. '울면서 하는 숙제'란 바로 아이들 마음이자 삶입니다. '제가 다닌 학교에서 이런 어른이 있었나?'하고도 생각했습니다. 이렇게 우리 아픈 마음을 읽으면서 달래거나 보듬어 주려는 어른은 몇이나 있었나 궁금합니다.

산하 출판사에서 새로 나온
《울면서 하는 숙제》. 1990년

교과서를 덮으라고 이끌던 어른(교사)이 아예 없지는 않습니다. 고등학교를 다니며 이러한 어른을 몇 분 만났습니다. 그런데 너무 적더군요. 고등학교에서 몇 분을 빼고, 모든 어른은 우리한테 교과서 지식만 머리에 넣으라고 이끌면서 몽둥이를 들었습니다. 우리한테 '너'나 '이놈'이나 '이 자식'이나 '이 새끼'란 말을 안 쓴 어른은 다섯손가락으로도 꼽기 어렵습니다.

저는 《울면서 하는 숙제》를 읽으며 이오덕 님보다 우리 아버지한테 "아버지는 교사로 일하는 동안 숙제를 얼마나 내셨어요?"하고 여쭙고 싶습니다. 숙제란 아이들이 참말로 즐겁게 맞아들여서 삶을 배우는 길벗이 될 만한지 궁금합니다. 즐거운 숙제 아닌 고단한 숙제라면, 반가운 숙제 아닌 멧더미처럼 잔뜩 떠넘기는 숙제라면, 이 숙제란 독재정권이 사람들을 괴롭히던 짓하고 무엇이 다르랴 싶습니다.

그러니까 독재정권은 어른을 붙잡아서 때리고 밟고 죽이기까지 했다면, 숙제는 아이를 학교에 가두어 괴롭히고 때리고 죽이기까지 했구나 싶습니다. 그리고 이 수렁은 아직 가시지 않습니다. 오늘날은 지난날보다 숙제 짐이 적을는지 몰라도 입시지옥이라는 짐은 고스란히 있습니다.

이오덕 님도 도무지 바뀔 낌새가 안 보이는 이 나라 학교에 제도에 사회에 정치에 슬퍼했으리라 생각합니다. 왜 어른들은 입시지옥을 안 없앨까요? 왜 배움길 아닌 졸업장이 춤추는 대학교하고 초·중·고등학교에 아이를 그냥 보내고 말까요? 우리 아이들이 학교에서 길들고 밟히고 깨지고 아프고 슬프고 힘든데, 아이들을 그냥 학교에 보내고 말까요? 학교도 나라도 사회도 달라질 낌새가 없다면, 우리 다 같이 아이를 집에서 새롭게 가르치는 길을 갈 수 있어야 하지 않을까요? 아이들을 그냥 학교에 보내기만 해서는 학교도 나라도 사회도 안 달라지지 않을까요?

> 어린이들의 마음은 착하고 깨끗합니다. 그래서 어른들은 도리어 어린이한테서 배워야 한다고 말합니다. 어린이가 되어야 하늘나라에 갈 수 있다고 성경에도 씌어 있지요. 그런데 어른들은 그렇게 말하면서도 실지 행동은 전혀 다릅니다. 어린이들이 나쁘다고 꾸짖고 매질합니다. 훈련시키고 길들여서 하루 빨리 어른을 만들고 싶어합니다. (5쪽)

> 어린이들의 몸과 마음이 병들고 비뚤어져 가는 것은 잘못 살아가는

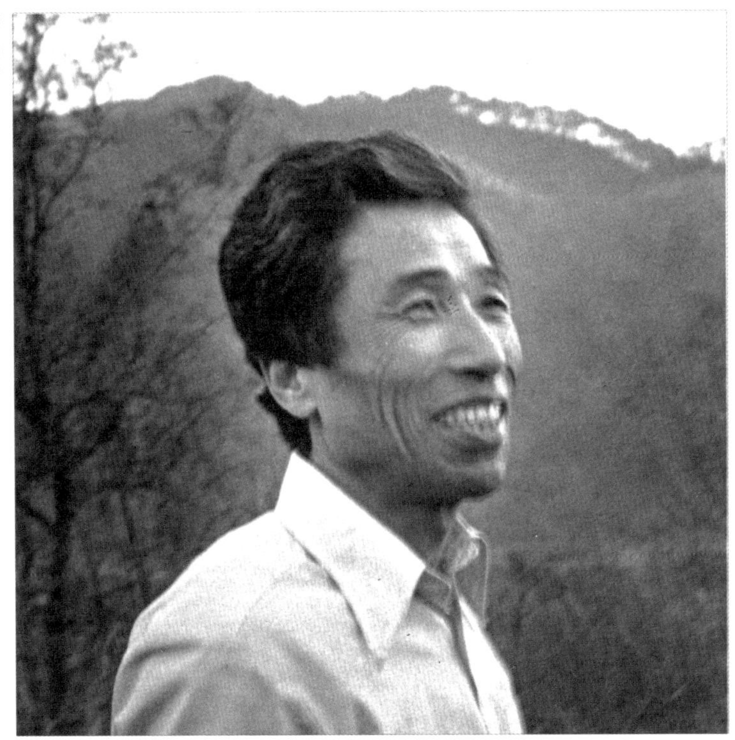

안동 길산국민학교에서 일할 적에 <뿌리깊은 나무>에서 취재를 나와 찍은 사진. 1979년

어른들의 뒤를 따르기 때문이고, 어른들이 잘못 시키고 잘못 가르치기 때문입니다. (8쪽)

여름방학 때면 곤충채집이란 이름으로 매미고 나비고 온갖 벌레들을 함부로 잡아 죽이기를 시키는데, 곤충과 동물의 목숨을 아끼지 않는 사람이 사람의 목숨을 귀하게 여길리가 없습니다. (11쪽)

교과서에는 우리들 보통 사람들이 흉내도 낼 수 없는 위인들의 얘기가 아름답게만 쓰여져 있는 것 같아요. 조그만 일이라도 제가 할 수 있는 착한 일을 하고 진실하게 살아가는 사람이 훌륭합니다. (53쪽)

어른들에 물들지 않는 어린이도 훌륭하지만 어린이한테서 배운 부모님도 훌륭하다고 생각합니다. (92쪽)

시인이 되려는 사람은 시를 만들어 내는 재주꾼이 되려고 해서는 안 되며, 시인이기에 앞서 참된 사람이 되어야 합니다. 그래야만 참 시인이 될 수 있지요 … 시인은 모든 사람들과 함께 살며 참되게 살아가는 길을 찾으면서 괴로워해야 합니다. 솔직히 말하자면 시인은 무거운 짐을 지고 가야 하는 사람입니다. (124쪽)

나는 그날 아침 아무리 달래어도 안 되는 우리 집 아이를 보고 이런 생각을 했읍니다. 학생들이 –비록 아무리 어린 국민학교 1학년 학생이라 하더라도- 선생님의 말이라고 무엇이든지 꼬박꼬박 순종해서 듣도록 해서는 안 되겠다. 잘못 시키는 일은 따르지 않도록 하고, 때로는 반항하는 마음까지 갖도록 해야겠다. 그래야만 우리 어린이들이 참되고 아름다운 마음을 가지고 가꾸어 나갈 수 있겠다 하고요. (145쪽)

1981년 대성국민학교 졸업식 사진. 이오덕 님은 아이들하고 사진을 찍을 적에 늘 아이들을 앞에 앉도록 하고서, 가장자리나 뒤쪽에 섰다. 이 사진에서도 다른 교사를 모두 뒤쪽이나 가장자리에 서도록 했다.

아이들이 새로운 삶을 배우려 할 적에 대학교 아닌 길을 일러 주는 어른이 드뭅니다. 아이들이 새로운 사랑을 펴겠노라 할 적에 대학교 졸업장 아닌 길을 밝혀 주는 어른이 거의 없습니다. 그래서 모든 어버이는 가르치는 노릇을 할 수 있어야지 싶습니다. 모든 어른은 가르치면서 배우고, 삶을 삶답게 돌보는 구실을 할 수 있어야지 싶습니다. 이오덕 님이 그토록 많은 책을 쓰실 수 있는 바탕은 아이들한테 있겠지요? 늘 아이들한테서 배울 수 있는 마음이기에 새롭게 이야기를 지필 수 있었겠지요? 배울 수 있기에 어른이라고 봅니다. 배울 수 없다면 나이만 먹은 늙은이라고 봅니다.

생각하는 사람으로 살자면 짐을 안지 말아야 합니다. 어른이라면 아이한테 숙제라는 짐덩이가 아닌, 슬기롭게 풀면서 즐겁게 배울 수 있는 수수께끼를 꾸준히 마련해서 건네야지 싶습니다. 졸업장 아닌 슬기를 물려주고, 부동산 아닌 보금자리를 물려줄 수 있기를 바랍니다. 웃으면서 푸는 수수께끼가 흐르고, 노래하면서 짓는 살림이 퍼지며, 사랑하면서 일하는 마을이 자라나면 좋겠습니다. 하늘에 계신 어른도 이런 나라를 바라지 않을까요?

이오덕 님이 쓴 **어린이 교육 비평 책**

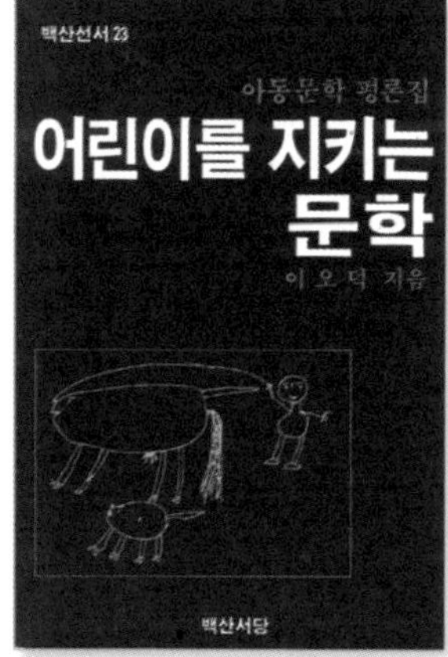

《어린이를 지키는 문학》
1984, 백산서당

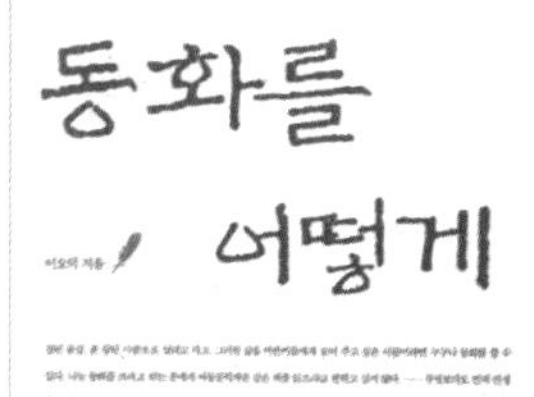

《동화를 어떻게 쓸 것인가》
2011, 삼인

《아이들에게 배워야 한다》
2004, 길

우리 어떻게 살까

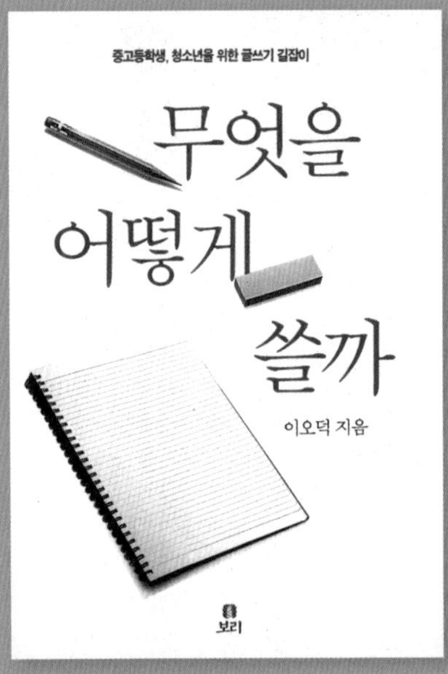

《무엇을 어떻게 쓸까》 1995.10.15. 보리. 청소년 글쓰기·문학

저는 혼자 살던 때에는 가까이 다녀오든 멀리 둘러보든 으레 자전거하고 두 다리로 길을 밟았습니다. 때로는 버스를 타기도 하고, 어느 날에는 전철을 타기도 합니다. 자전거가 버스나 전철보다 더 빠르거나 삶터에 도움이 되기에 타지는 않습니다. 바람을 가르면서 달리는 자전거가 좋았고, 천천히 이 땅을 디디면서 나아가는 한 걸음이 좋았습니다.

이러면서 이웃을 새삼스레 마주할 만하기에 한결 좋다고까지 여겼습니다. 자전거를 달릴 적에는 개미가 길바닥을 기어가는 모습, 나비나 잠자리가 아스팔트 바닥에서 몸을 말리는 모습을 볼 수 있습니다. 저는 자전거를 달릴 적에 앞만 보고 나아가고 싶지 않았습니다. 바람을 가르되 이 길에서 사람하고 함께 땅을 디디는 이웃 목숨을 마주하고 싶었습니다. 구름을 마시고 하늘을 우러르되 우리가 보금자리를 트는 이 땅에서 도란도란 어우러지는 작은 이웃을 헤아리고 싶었습니다.

걸을 적에는 골목골목 누볐습니다. 요즈막에는 걷기여행이나 골목여행 같은 말도 떠오르는데, 이런 말이 없던 1980~90년대에 씩씩하게 걸어서 10킬로미터이든 20킬로미터이든 오갔습니다. 이 동안 숱한 사람들 삶자리를 보았습니다. 저마다 아기자기하게 가꾸는 삶터를 만났고, 때로는 지친 삶터를, 때로는 아프거나 슬픈 삶터를 만나기도 했습니다.

이오덕 님도 늘 뚜벅뚜벅 걸으면서 이웃을 보려 했다고 생각합니다. 그래서 뚜벅뚜벅 걸을 수 있고 이웃을 만날 수 있으며 삶을

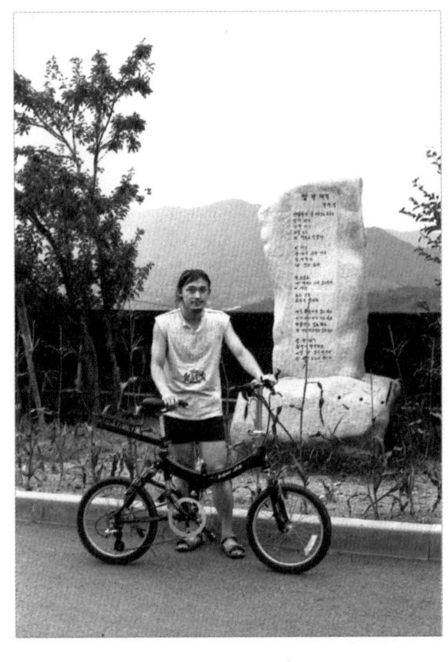

권정생 어른 싯돌 앞에서. 글쓴이는 이오덕 님 글을 갈무리할 적에 때때로 서울하고 충주 무너미마을 사이를 자전거로 오갔다.

돌아볼 수 있는 시골길이나 멧골길을 좋아했구나 싶습니다. 이오덕 님이 권정생 어른을 찾아갈 적에도 으레 먼 길을 천천히 걸었다고 했습니다.

> 사람은 누구든지 아주 어린 아이 때부터 자기표현으로 자라난다. 자기표현으로 슬기가 생겨나고, 재능이 피어난다. 자기표현이 제대로 안 될 때, 자기표현을 할 수 없게 될 때 사람은 병들고 죽게도 된다. 자기표현의 가장 좋은 수단이 글쓰기다. 그런데 흉내내기는 자기표현이 아니다. 말재주와 글장난도 자기표현이 아니다. (5쪽)

글은 자기가 겪은 일을 정직하게 쓰는 것이 기본이라 할 수 있지만, 그렇게 정직하게 쓰기만 하면 다 되는 것이 아니고, 다시 또 남들이 읽을 만한 가치가 있는 글을 써야 한다는 말이 되기도 한다. 가치가 있는 글을 쓰려면 가치가 있는 삶을 살아야 하고, 가치가 있는 생각을 해야 한다. 글쓰기가 어렵다면 바로 이것이 어려운 것이다. (32쪽)

마음의 움직임만을 적기보다는 사실과 체험을 적어 두는 것이 훨씬 더 필요하고 뒷날에 참고도 된다. 느낌과 생각이 삶에서 나온 것이니까 그 삶의 체험을 기록해 놓지 않고는 느낌과 생각이 살아날 수 없다. 또 삶의 체험을 적어 놓으면 느낌과 생각이 저절로 그 속에 나타나게도 되는 것이다. (77쪽)

왼쪽부터 권정생, 전우익, 이오덕 님

이오덕 님은 대구나 과천에 나와서 살 적에는 하루하루 갑갑하다고 털어놓았습니다. 멧골마을로 들어갈 적에는 마음이 놓일 뿐 아니라 생각이 환하게 열린다고 털어놓았습니다. 저는 1975년에 태어나서 2003년 가을까지는 오직 도시에서 나고 자랐습니다. 인천에서 나고 자란 뒤에 1994년부터 서울살이를 했습니다. 대학교 앞 신문사지국에서 신문을 자전거로 돌리면서 밥을 지었고, 나중에 출판사에 들어간 뒤에는 전철로 일터를 오가면서 살림을 꾸렸습니다.

2003년 가을부터 무너미마을에 머물면서 이오덕 님 글을 갈무리하고서야 시골살이를 새삼스레 겪습니다. 시골살이를 거의 처음으로 겪으면서 모든 것을 새롭게 바라보아야 했지요. 이제까지 인천 · 서울이라는 도시 얼거리에서 삶을 바라보았다면, 이제는 이오덕 님이 마지막 삶을 누린 무너미마을 멧골 자락 얼거리에서 삶을 바라보아야 했습니다.

멧골에 깃들어 이오덕 님 글이랑 책을 살피는 동안에는 하루하루가 예전하고 사뭇 다르게 스며들었습니다. 도시살이를 하는 동안에는 어쩔 수 없이 달삯을 벌어야 하고 달삯을 치러야 하는 하루여서 다달이 돈을 벌고 쓰는 얼거리로 하루를 바라볼 수밖에 없습니다. 이와 달리 시골에서는 늘 다른 철을 바라봅니다. 도시에서는 3월이든 6월이든 9월이든 12월이든 똑같은 달일 뿐이며, 세금도 일삯도 철이 달라진대서 달라지지 않습니다. 이와 달리 시골에서는 모든 달은 저마다 다른 달일 뿐 아니라, 날마다 다른 날씨요 참말 언제나 다른 철입니다.

감나무 줄기를 쓰다듬으면서 감알을 기다리는 하루를 맞이합니다. 해가 더 오르고 더 낮아지는 한 해 흐름을 맞이합니다. 따스한 바람하고 차가운 바람을 맞이합니다. 맨손하고 맨발로 흙을 만지고 밟을 적에 몸이 어떻게 달라지는가를 맞이합니다. 글이란 그냥 글이 아니로구나 하고 배웁니다. 마치 0살 아이로 돌아간 듯이 하나부터 열까지 모두 새롭게 배웁니다.

> 학생들의 글은 어른들이 흉내내어 쓸 수도 없는, 그 자체로 훌륭한 가치가 있고 생명이 있는 것이다. 마치 어린이와 청소년들의 목숨과 삶이 어른들의 그것과 똑같이 소중하듯이 말이다. 그렇게 생각하고 써야 살아 있는 글이 씌어지는 것이다. (123쪽)

《무엇을 어떻게 쓸까》는 이 책이 나오고 얼마 안 되어 읽었습니다. 한창 신문 배달을 하면서 살 적이었는데요, 1995년 어느 가을날 이 책을 읽으면서 조용히 훌륭하게 쓰는 글이 아닌 즐겁게 쓰는 글이란 무엇인가 하고 생각했습니다. '나는 오늘 이곳에서 신문을 돌리면서 살림을 꾸리니, 신문을 돌리는 하루를 글로 쓰면 되는구나.' 때로는 이렇게도 생각했지요. '나는 배움길을 걸으려고 생각하며 모진 시험을 치르고 대학교에 들어왔는데, 막상 대학교에 들고 보니, 이곳은 배움길 아닌 노닥질이나 바보짓이 끔찍하게 춤춘다. 그래서 나는 대학교를 그만두고 내 삶길을 새로 열고 싶다. 내가 이러한 마음이고 뜻이라면 나는 앞으로 이 길을 가면 되고, 이 길을 걷는 이야기를 그저

씩씩하게 즐겁게 꾸밈없이 쓰면 되는구나.'

> 글은 몸으로 부딪힌 일을 쓰고 가슴에 울려온 느낌과 생각을 쓰는 것이지, 머리로 써서는 안 된다. 머리로 글을 만드니까 말을 부질없이 꾸미게 되고 사실과 다른 것을 쓰고 유식한 말을 흉내낸다. (106쪽)

> 사람에게는 생각한다는 것이 중요하고, 글을 쓰는 것도 매우 필요하다. 그러나 방안에 혼자 앉아서 생각만 하거나, 글만 쓴다면 그런 삶도 좋지 않다. 일을 하지 않고 생각만 하게 되면 그 생각이 병든다. 일을 하는 것이 없는데 글만 자꾸 쓴다면 그 글이 제대로 쓰일 수가 없다. "그래도 시인과 소설가들은 글만 잘 쓰고 있더라." 그렇다. 시인과 소설가들이 글만 쓰고 있다는 것, 이것이 문제다. 나는 글만 쓰고 있는 이들이 써 놓은 글을 제대로 되었다고 보지 않는다. 일제시대고 오늘날이고 많은 문인들이 글만 써 왔는데, 그래도 지난날에는 그 폐단이 좀 덜했지만 오늘날에는 글만 쓰고 있는 사람들이 글의 공해, 문학의 공해를 아주 크게 일으키고 있다고 본다. (146쪽)

저는 남들이 저를 알아보아야 한다고 생각하지 않습니다. 저는 저 스스로 알아보아야 한다고 생각합니다. 그런데 말이지요, 제가 저를 알아보려고 하는 때에는 저를 둘러싼 사람들을 시나브로 알아볼 수 있더군요. 제가 저를 알아보려는 고요한 마음이 되고자 하니, 우리 아

글쓰기 철학
— 왜, 무엇을, 어떻게

1. 왜 쓰나?
① 쓰고 싶어서 (생활인) - 생활글
② 쓰라고 하니까 (학생들) - 논술·교과서의 글쓰기.
③ 돈이 되니까 (문인들) - 문학

2. 무엇을 써야 하나?
① 일기·편지·생활 이야기·생활시 …
② 쓰고 싶은 것. 쓸 가치가 있는 것.
③ 보고, 듣고, 한 것 - 겪은 일을 쓸 것.
④ 가장 쓰고 싶은 것. 잘 알고 있는 것. 저만이 할 수 있는 이야기.
⑤ 쓸 만한 (가치가 있는) 것을 쓸 것.

3. 어떻게 써야 하나?
① 잘 알 수 있게
차례를 정해서
자세하고 정확하게
② 쉬운 말, 우리 말로
③ 사실에 맞도록
—、—、—
④ 책 읽기와 글쓰기
⑤ 백일장과 글쓰기
⑥ 문학과 글쓰기

손수 적어 놓은 '글쓰기 철학' 밑틀. 1996년

이들을 고요히 알아보려는 마음으로 이어집니다.

호미를 쥐고 땅을 쪼면서 웃습니다. 낫을 쥐고 풀을 베면서 노래합니다. 마실길에 잠든 아이를 품에 안고 걷는 동안 땀을 옴팡지게 쏟으면서도 흥얼흥얼 자장노래를 부릅니다. 두 손으로 복복 빨래를 하면서 신나게 춤을 춥니다. 부엌에서 밥을 짓는 동안 굽밟이춤을 춥니다.

두 아이하고 살아오면서 천기저귀만 썼는데요, 천기저귀를 아이들 샅에 댈 적에 아이가 얼마나 반기면서 좋아하는가를 느낍니다. 이러면서 천기저귀를 빨래하는 제 손이나 몸이 천기저귀 결을 얼마나 반기면서 좋아하는가까지 느낍니다. 곁님 핏기저귀도 으레 도맡아서 빨았습니다. 아이들 똥오줌이든 곁님 달거리물이든 모두 새로운 숨결이 자라나고 살아가면서 나오지요. 이 여러 가지는 땅으로 고이 돌아가려고 합니다. 제가 손으로 조물조물 주무르고, 삶아서 헹구고, 빨랫줄에 널고, 차곡차곡 개고, 다시 아이들하고 곁님이 쓰도록 하는 살림을 지으면서 스스로 새롭게 배우는 나날이었다고 느낍니다.

이오덕 님이 《무엇을 어떻게 쓸까》라는 이름으로 들려주려던 이야기란 바로 '우리 어떻게 살까'이지 싶습니다. '우리 어떻게 사랑할까'이면서 '우리 무엇을 노래할까'라고 느낍니다. 자전거를 달리는 동안 바람을 노래합니다. 두 다리로 걷는 동안 이 땅을 노래합니다. 아이를 안고 집살림을 건사하면서 기쁨을 노래합니다. 책 한 권을 읽고 글 한 줄을 쓰면서 사랑을 노래합니다.

이오덕 님이 쓴 **청소년 글쓰기·문학 책**

《시정신과 유희정신》
1977, 창작과비평사

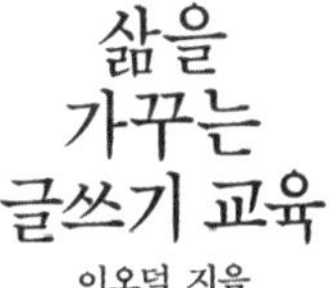

《삶을 가꾸는 글쓰기 교육》
1984, 한길사

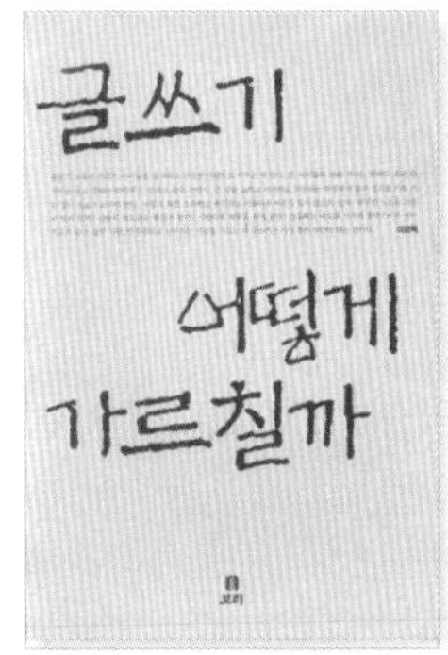

《글쓰기 어떻게 가르칠까》
1993, 보리

《어린이책 이야기》
2002, 소년한길

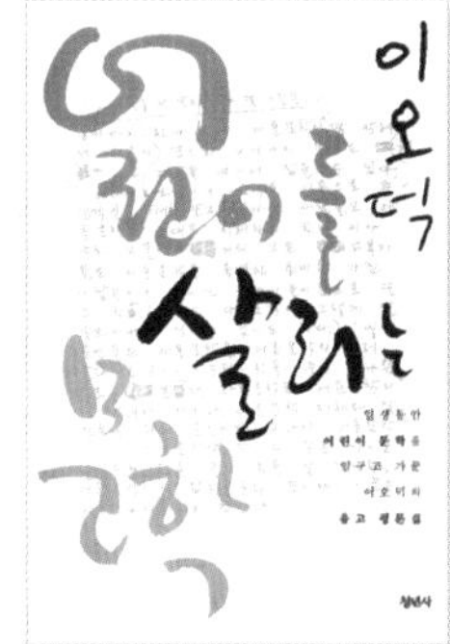

《어린이를 살리는 문학》
2008, 청년사

베껴쓰기·빛깔넣기는 생각을 죽인다

《내가 무슨 선생 노릇을 했다고》 2005.11.25. 삼인. 교육 비평

저는 어릴 적에 베껴쓰기를 했습니다. 이른바 '깜지'라는 이름이 붙는 숙제를 날마다 숱하게 했습니다. 국민학교 앞 문방구에서는 똥종이라고도 하는 갱지를 늘 수북이 쌓아 놓았습니다. 학교에서 내는 깜지 숙제에 맞추어 아이들이 언제라도 숙제종이를 잔뜩 사 갈 수 있도록 말이지요.

국민학교 여섯 해를 다니는 동안 학교에 바친 깜지 숙제는 얼마나 많을까요? 하루에 열 장씩 한 주에 예순 장이라면, 다달이 삼백 장은 될 테고, 해마다 삼천육백 장은 되겠지요. 학교에서는 이 깜지 숙제를 어떻게 했을까요? 저는 늘 제가 낸 숙제가 어떻게 되는지 궁금했습니다. 아마 국민학교 2학년 무렵이지 싶은데, 학교 건물 뒤쪽 장작 쌓은 곳에서 우리가 낸 깜지 숙제가 불쏘시개로 쓰이는 모습을 보았습니다. 학교일을 맡은 어른 한 분이 깜지 꾸러미를 장작하고 함께 두더군요. 그리고 이 깜지 꾸러미는 저마다 다른 교실로 가서 겨울마다 난로에서 나무하고 같이 불탔습니다.

제가 낸 숙제가 그냥 불쏘시개로 쓰이는 걸 알고 난 뒤에 담임 교사를 볼 적마다 "제가 낸 숙제를 돌려받을 수 있을까요?"하고 여쭈었습니다. 담임 교사는 대단히 귀찮고 번거롭다는 낯으로, "그 숙제를 돌려주면 나중에 그 숙제를 고스란히 다시 낼 것 아니냐! 그런 속셈이지!"하고 윽박지르기만 했습니다.

국민학교를 마치기까지 제가 돌려받은 숙제는 일기장하고 식물채집장 두 가지입니다. 저는 제 온갖 숙제꾸러미 가운데 이 두 가지는 불쏘시개 사이에서 건져 냈습니다. 여섯 해 동안 숙제로 낸 어마어마하게 많은 그림·독후감·표어와 포스터·시험종이·깜지·만들기 숙제들은 하나도 못 돌려받았습니다. 이런 국민학교를 마치고 중 · 고등학교에 가니 이곳도 똑같았습니다. 그저 학생을 숙제받이로 떠밉니다. 때로는 매받이가 되고요.

저는 고등학교 3학년 무렵에야 이오덕 님 이름을 들었습니다. 1993년 일인데, 이해를 놓고 본다면 이오덕 님이 《우리글 바로쓰기》 1권을 1989년에 내놓았으니, 2권도 나오고 다른 글쓰기 책하고 우리말 책도 여럿 나온 무렵입니다. 학교도서관에서도 인천시립도서관에서도 이오덕 님 책은 못 만났습니다. 저는 1992년 여름부터 인천 배다리 헌책방을 주마다 두 차례씩 나들이하며 책을 읽었는데, 다른 어디에서도 못 만난 이오덕 님 책을 헌책방에서 만났고, 머리를 세게 두들겨 맞은 느낌이었습니다. 그리고 온몸을 따스히 어루만지는 느낌이었지요.

이오덕 님은 이녁이 가르친 시골 아이들이 남긴 글하고 그림을 몽땅 건사했습니다. 하나도 안 버렸을 뿐 아니라, 불쏘시개로도 안 썼습니다. 게다가 시골 아이들 글하고 그림을 책으로 엮었습니다. 깜짝 놀랐습니다. '아니, 우리(어린이)가 쓴 글하고 우리가 그린 그림이 대단하다고? 어른은 우리(어린이)한테서 배워야 한다고?' 비록 제가 이오덕 님을 처음 책으로 만난 나이는 열여덟 살이었지만, 교사를 비롯해서 어버이나 어른 모두 어린이하고 푸름이한테서 삶과 살림과 사랑을 새로 배울 줄 알아야 한다는 뜻이 또렷이 흐르는 이 책은 아주 작으면서 아주 밝은 촛불과 같았습니다. 이러면서 제 어릴 적 일을 훑

훌 털 수 있었지요.

> 내가 만약 보통학교에도 들어가지 않고 집에서 마을사람들과 같이 땅 파고 짐 지면서 일을 몸에 붙이고 자랐더라면 나는 얼마나 자연스럽게 일찌감치 삶의 진리를 얻어 가졌을 것인가! (12쪽)

> 일과 놀이와 공부가 하나로 된 아이들 삶을 어른이 되어도 그대로 이어가고, 그래서 평생을 그렇게 살아간다면 지금까지 우리 사람들이 개인으로나 사회로나 안고 있던 모든 문제들이 시원스럽게 풀어진다. (18쪽)

이오덕 님은 가르치던 아이들이 남긴 글하고 그림을 몽땅 건사했다.

이오덕 님은 아이들한테 어머니나 아버지를 그리도록 했고, 때로는 교사를 그리도록 했다. 처음에는 아이들더러 저희 짝꿍을 그리라고 했는데, 아이들이 서로 모델이 되자니 너무 쑥스러워하면서 그림을 못 그리기에 "그러면 짝꿍 그리기는 그만두고 나를 그리렴" 하고 말했다. 그러니 아이들은 아버지 얼굴을 보듯 푸근히 여기면서 그림을 그렸고, 그 뒤에는 짝꿍 모습도 그릴 수 있었다.

점수 쟁탈 싸움을 붙여 야만스런 교육을 하면서도 조금도 '회의'에 빠지지 않는 교사가 있다면 그보다 더 우리 교육의 앞날을 걱정할 일이 어디 있는가? (87쪽)

가만히 보면 제가 어릴 적에 학교(초·중·고등학교)에서 배운 것이란, 베껴쓰기+빛깔넣기였습니다. 글을 베끼고 교과서를 베낍니다. 화가 그림을 베끼고, 테두리만 넣은 그림에 빛깔을 입힙니다. 나라에서 학교에 내려 준 뒤, 학교는 아이들한테 내려 준 반공 포스터를 줄줄이 따라서 그릴 뿐 아니라, 반공 표어라든지 온갖 새마을 숙제를 내야 했습니다.

요즈음 우리 사회에는 '필사'하고 '컬러링'이 번진 지 제법 됩니다.

글을 놓고는 한자말 '필사(筆寫)'를 쓰지요? '필사'는 '베끼어 씀'을 뜻합니다. 그림을 놓고는 영어 '컬러링(coloring)'을 쓰는데요, '컬러링'은 '착색, 색칠하기'를 뜻합니다. 베껴쓰는 글에는 무엇이 있을까요? 베껴쓰는 글에 내 생각이 깃들 수 있을까요? 빛깔넣기를 하는 그림에는 무엇이 있을까요? 빛깔만 넣는 그림에 내 느낌이 깃들 수 있을까요?

우리는 어릴 적부터 길드는 굴레에 갇히는 나날을 보냅니다. 생각을 새롭게 밝힌다거나 꿈을 스스로 짓는 길을 못 걷도록 가로막히는 나날입니다. 너하고 내가 다르기에 다른 마음으로 다른 꿈을 품고서 다른 길을 걸으면 될 텐데, 돈을 잘 벌어야 한다는 사슬에 묶여서 늘 쳇바퀴를 돕니다.

아이들이 자기 체험을, 자기 마음을 그릴 줄 모르고 남의 그림을 따라 그리고 흉내만 내고 있습니다. 남의 그림을 따라 그리는 것은 자기표현이 아닙니다. 죽은 그림이지요. 어른들은 아이들이 자기 그림을 그릴 수 없도록 기를 죽이고, 남의 그림, 어른들 그림을 따라 그리도록 시키고 있습니다. (61~62쪽)

날마다 방 안에서 갖다 주는 음식을 먹고, 맡은 일에만 파묻혀, 보여주는 것만 보고, 들려오는 소리만 듣고 있으니, 논밭 곡식이 어떻게 가꿔지는지, 산천초목이 어떻게 자라는지, 흐르는 물이 어찌 되어 가는지, 그 속에서 죽어가고 있는 물고기와 벌레들이 우리와 어떤 관계가 있는지 알 턱이 없다. (232쪽)

2005년 11월 25일에 《내가 무슨 선생 노릇을 했다고》라는 책이 나옵니다. 이 책은 제가 이오덕 님 글을 갈무리해서 엮은 책입니다. 이오덕 님은 돌아가시기 앞서까지 이녁 글을 책으로 묶으려고 힘썼고, 글꾸러미마다 모든 글을 고쳐서 쓰려고 했지만 끝내 이 일을 못 마쳤습니다. 이오덕 님이 손수 못 한 글손질을 제가 맡아서 해 보았습니다. 그동안 이오덕 님이 쓴 책에 나온 '이런 낱말·글월은 다음처럼 손질하면 좋겠다'고 밝힌 보기를 모조리 살폈습니다. 여기에 제가 몇 가지를 붙이기도 했습니다.

이오덕 님은 '가령(假令)'이라는 한자말을 매우 좋아해서 이 한자말을 거의 손질하지 않았습니다. 이오덕 님 말씨를 헤아린다면 '가령' 같은 한자말은 그대로 둘 만하지만, 이태라는 말미를 두고서 생

한동순 어린이가 그린 보리밟기 그림

각하고 살핀 끝에, '가령'을 '이를테면'이나 '그러니까'로 손질하기로 했습니다. 왜 이렇게 망설인 끝에 손질했느냐 하면, 이오덕 님이 남긴 1950년대 글부터 2000년대 글까지 읽고 또 읽다 보니, 이오덕 님은 1950년대에 즐긴 말씨를 1960년대에 고쳤습니다. 1960년대까지 즐긴 말씨를 1970년대에 고쳤습니다. 또 1970년대까지 즐긴 말씨를 1980년대에 고쳤고요.

이오덕 님은 스스로 이녁 글을 손질하는 일을 2003년에 숨을 거두기까지 멈추지 않았습니다. 이리하여 저는 이오덕 님이 2010년대까지 사셨다면 틀림없이 '가령' 같은 한자말도 더는 아쉽게 여기지 않고 손질했으리라 생각했습니다. 이오덕 님은 고인 물이 되기를 바라지 않았다고 느낍니다. 이러면서 우리한테도 '젊은이여, 그대도 늘 흐르는 물이 되게나'하는 뜻을 밝히려 했다고 느낍니다. 이오덕 님 스스로 마흔 해에 걸쳐 조금씩 글손질을 이으면서 스스로 마음이며 몸이 거듭나는 살림을 보여 주니, 우리가 이 흐름을 좇거나 살필 수 있다면, 오늘 우리가 많이 어설프거나 엉성하거나 어쭙잖은 모습이라 하더라도 웃을 수 있습니다. 오늘은 아직 모자랄 뿐입니다. 오늘 우리가 무엇이 모자란가를 똑똑히 안다면, 우리는 앞으로 스스로 거듭날 수 있으며, 오늘 우리가 무엇이 모자란가를 하나도 모르거나 등을 돌리고 만다면, 우리는 날마다 고인 물이 되거나 쳇바퀴만 돌 뿐입니다.

다음은 내가 마지막으로 대답한 말이다. "나는 40년 넘게 아이들을 가르쳤지만 그동안 국어교육의 목표가 무엇인지 의문을 품어 본 기

감자를 먹으며

뜨끈뜨끈한 감자를
젓가락 끝에 꿰어
후우 후우 불며 먹으면
그 어릴 적 생각난다.
네 살이었던가 다섯 살이었던가
그러니까 70년이 지나간
그때도 꼭 이렇게 감자를 먹었지.

우리 어머니 아침마다 저녁마다
정지에서 밥을 풀 때
솥뚜껑 열고 밥에 앉힌 감자
맨 먼저 한 개 젓가락에 꽂아 나를 주셨지.
겨울이면 정지 샛문 열고 내다보는 내 손에 쥐어 주며
꼭 잡아 꼭!
봄 가을이면 마당에서 노는 나를 불러
김 무럭무럭 나는 그 감자를 주며
뜨겁다 뜨거, 후우 해서 먹어!

후우 후우
나는 그 감자를 받아 먹으면서
더러 방바닥이나 마당에 떨어뜨리고는
울상이 되기도 했을 것인데
그런 생각은 안 나고
일찍이 돌아가신 우리 어머니 얼굴 모습도 안 떠오르고
후우 후우 불다가 뜨거운 감자를 입에 한가득
넣고는 하아 허어 김을 토하던 생각만 난다.

후우 후우, 허어 허어, 나는 날마다
감자를 먹으면서 나는 자라났다.
밥을 먹기 전에 감자부터 먹고
가끔은 삶은 것을 점심으로도 먹고

뜨끈뜨끈한 감자를 쟁반에 담아 놓고
김이 무럭무럭 나는 그 감자를 서로 먹으라고 권하는
고호의 그림에 나오는 농사꾼들이 사는 마을
그런 마을에 가서 사는 꿈을 꾼다.

내가 믿는 하느님도
그렇다,
감자를 좋아하실 것이다.
맑고 깨끗하고 따스하고 포근한
감자 맛을 가장 좋아하실 우리 하느님,
내가 죽으면 그 하느님 곁에 가서
하느님과 같이 뜨끈뜨끈한
감자를 먹을 것이다.

(98. 11. 10)

1998년 11월 10일에 고쳐쓴 시
〈감자를 먹으며〉

억이 없는데요. 우리 아이들에게 바르고 깨끗한 우리 말을 자유롭게 말하고 쓸 수 있게 하면 다 되는 것 아닙니까? 뭘 그렇게 어렵게 생각해요?" (22~23쪽)

서리가 내린 아침 학교에 갔을 때 운동장에 곱게 깔려 있는 감나뭇잎이나 은행잎을 보고 아름다움을 느끼는 것이 아니라, 책가방을 교실에 갖다 놓자마자 손을 호호 불며 그 나뭇잎을 죄다 주워 없애야 할 '아침 청소' 생각에 미워하는 눈으로 나무와 나뭇잎 들을 봐야 하는 아이들이 어떻게 사람다운 마음을 가질 수 있겠는가? (234쪽)

40년 동안에 독재정권은 빈틈없이 바보를 만드는 교육, 노예로 길들이는 교육을 하여 모든 사람을 병들게 해 놓은 이 땅에서, 이제부터라도 아이들을 바로 키우지 않고 어른만을 상대로 해서 정치나 대강 고쳐 놓으면 곧 민주사회가 되겠지 생각하는 것은 너무나 어린 생각입니다. (286쪽)

열두 해라는 나날을 의무교육을 받으며 학교를 오가면서 저는 교사인 어른한테 가끔 "학교에서 뭘 배워요? 학교를 왜 다녀야 해요? 학교를 안 다니면 배울 수 없나요?"하고 여쭙곤 했습니다. 그럴 적마다 어김없이 꿀밤을 머리에 받았지요. 제가 여쭙는 말에 제대로 대꾸해 준 교사인 어른은 그때에도 오늘날에도 아직 못 만납니다. 제가 너무 어려운 이야기를 여쭈었을까요? 제가 아무도 여쭈면 안 되는 이야기를 여쭌 셈일까요?

저는 공부가 싫은 적이 없습니다. 저는 책을 읽는다든지 짐을 나른다든지 밥을 한다든지 아기 똥기저귀를 빨래한다든지 먼 길을 걷는다든지, 게다가 군대에서 억지로 손에 총을 쥐어 밤낮으로 훈련을 받을 때까지도 싫다고 여긴 적이 없습니다. 아무튼 모두 받아들이며 살았습니다.

이러고 나서 언제나 두 가지 길을 갑니다. 첫째, 즐겁게 할 만하던 일이라면 동무나 이웃이나 아이들한테도 해보라고 말합니다. 둘째, 하나도 안 즐거울 뿐 아니라 마음이나 몸을 갉아먹는구나 싶을 적에는 이런 일은 동무나 이웃이나 아이들한테 한 마디도 안 알려줍니다.

우리가 나아갈 길은 같다고 생각합니다. 그런데 저는 이 길을 혼자 걸으면서 늘 누구 한 사람을 붙잡아서 물어보고 싶었습니다. 외롭다거나 힘들다고 느낀 적은 없지만, 열 살을 살고 스무 살이나 서른 살을 살고, 또 마흔 살을 살며 앞으로 쉰 살을 살아 내는 길을 걷는 동안 '우리 삶은 스스로 기쁨을 찾아 하루를 새롭게 지으며 오늘을 사랑할 적에 바람하고 하늘을 날면서 환한 별님이 되겠지요?'하고 묻고 싶었습니다.

떠난 어른 한 분이 '내가 무슨 선생 노릇을 했다고?'하고 홀로 읊었다면, 저는 이제껏 '내가 무슨 아이 노릇을 했는가?', '내가 무슨 어버이 노릇을 했는가?', '내가 무슨 사내 노릇을 했는가?''내가 무슨 사람 노릇을 했는가?'하고 읊어 봅니다.

이오덕 님이 쓴 **교육 비평 책**

《삶 · 문학 · 교육》
1987, 종로서적

《농사꾼 아이들의 노래》
2001, 소년한길

《문학의 길 교육의 길》
2002, 소년한길

《감자를 먹으며》
2004, 낮은산

남기는 이야기란

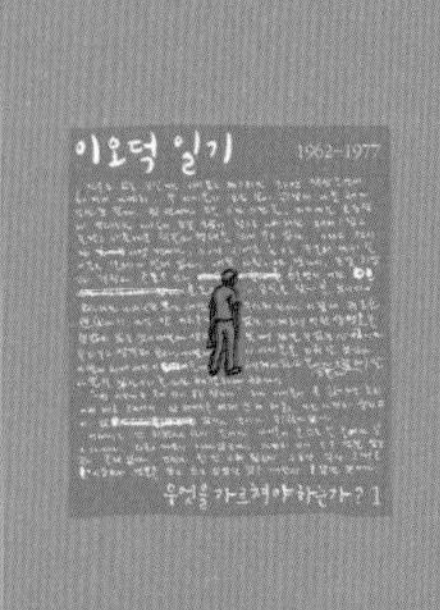

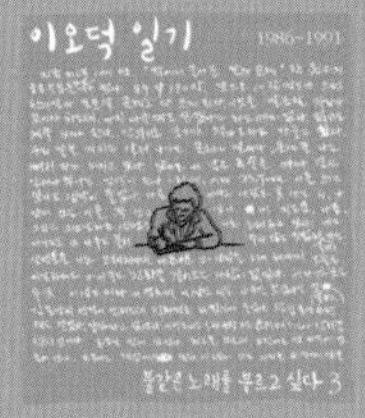

《이오덕 일기 1~5》 2013.6.24. 양철북. 일기

이오덕 님이 남긴 글 가운데 일기가 있습니다. 이 일기는 이오덕 님이 남긴 책더미하고 글더미 사이에 조용히 있었지요. 일기가 꾸러미로 담긴 커다란 종이상자를 캐내기까지 제법 걸렸습니다. 이오덕 님은 몸져누운 뒤로는 손을 쓰지 못해 이리저리 흩어진 글이 있었지만, 이녁이 흙으로 돌아가기 앞서 죽은 뒤에 책으로 묶을 만한 글꾸러미를 여러 뭉치 챙겨 놓았습니다. 그러면 애써 글꾸러미를 챙겨 놓고서 왜 책으로 안 내었을까요?

이오덕 님은《우리글 바로쓰기》를 써낸 얼거리에 맞추어, 또 이 책에서 미처 밝히지 못한 얼거리를 더 헤아려서, 예전 글꾸러미를 모두 손질하려고 했습니다. 게다가 종이로 나온 모든 책도 통째로 글손질을 새로 하고자 했습니다.

아직 '우리글 바로쓰기'를 제대로 익히지 않은 채 쓴 모든 글을 부끄러이 여겼지요. 사람들은 이오덕 님이 쓴 글을 읽고서 우리가 쓰는 글이 이렇게 많이 망가지거나 흔들리는구나 하고 부끄러이 여긴다면, 이오덕 님은 스스로 예전에 쓴 글을 고쳐 놓지 못했다는 생각에 부끄러이 여겼습니다.

2003년 12월이었는지, 2004년 봄이었는지, 그즈음 충주 무너미마을 돌집에서 이오덕 님 일기가 가득 담긴 종이상자를 찾아낸 날을 떠올려 봅니다. 아주 뜻밖에 찾아냈습니다. 책으로 가득한 서재 귀퉁이에서 글종이가 나올 수 있는 만큼, 또 책 사이에 꽂은 쪽종이라든지, 책 귀퉁이에 적바림한 글발을 찾으려고 모든 책하고 짐을 하나하나 들추면서 살피다가 비로소 일기 담긴 상자를 보았지요.

그날은 다른 일을 하나도 못했습니다. 오직 이 일기만 찬찬히 읽었습니다. 몇날 며칠이고 이 일기만 넘겼어요. 그러니까 '이오덕 일기'라는 이름을 달고 책이 나오기 열 해 앞서라고 할 수 있겠군요.

학자들이 말에 대해 가지고 있는 생각과 태도가 이래서 문제다. 사전에 있으니까 사전대로 써야 한다, 표준말이 그렇게 되어 있으니까 그렇게 써야 한다……. 현장에서 쓰는 말, 실제로 백성들이 쓰고 있는 말은 아주 무시하고, 책에 적어 놓은 것을 표준으로, 옳은 말로 보는, 이것이 아주 잘못된 생각이요, 옳지 못한 태도다. (1994.9.15./4권)

백범 선생을 기리는 일에는 찬성이지만, 이렇게 새까맣게 한문 글자로 취지문을 쓰고 승낙서를 쓴 사람들이 하는 짓을 믿을 수 없다는 느낌이 들었다. 더구나 요즘 한문 글자 쓰는 문제로 의견 대립이 되어 시끄러운 때에 이런 글을 보내는 속뜻을 의심하지 않을 수 없다. (1999.4.7./5권)

이오덕 님이 1960년대 첫 무렵부터 쓴 일기는 2003년에 숨을 거두기까지 거의 하루도 빠지지 않습니다. 어느 날은 여러 쪽에 걸쳐서 아주 낱낱이 적습니다. 스스로 사람들한테 한 말을 적기도 하고, 사람들이 주고받은 말을 낱낱이 떠올려서 적기도 했습니다. 겪은 일, 생각한 일, 꿈꾼 일, 슬픈 일, 괴로운 일, 기쁜 일, 반가운 일을 차분히 적바

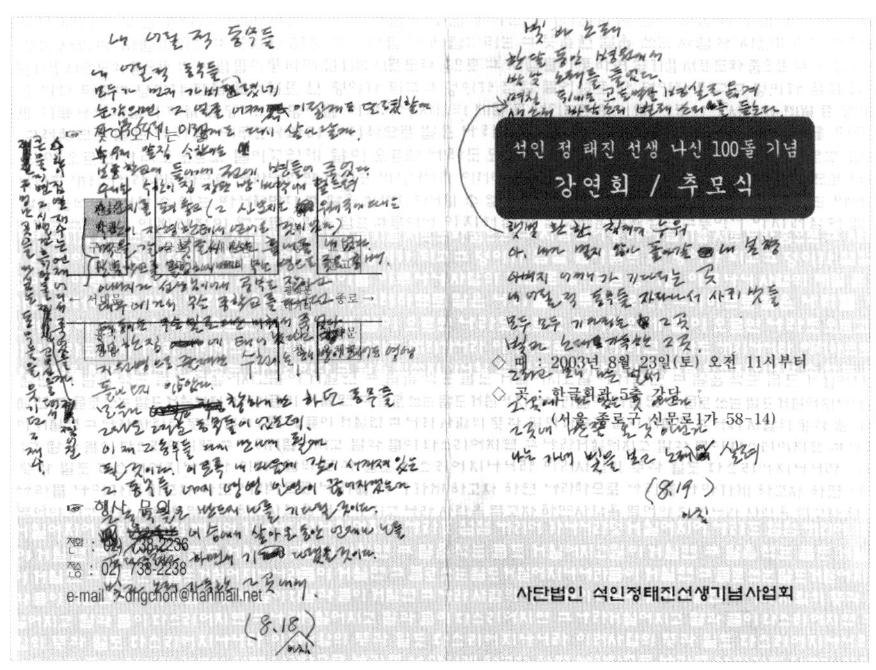

이오덕 님이 2003년 8월 25일에 숨을 거두기 앞서인 8월 18일하고 8월 19일에 나란히 적은 마지막 글. 이 무렵 이오덕 님은 따로 시 공책을 챙겨서 시를 남기기 어려웠으리라 싶다. 그래서 손에 잡히는 종이에 바로 마지막 삶과 생각을 시로 그려 놓았다.

림하다가도, 이 나라 정치나 교육이나 사회나 책마을을 놓고서 터무니없이 벌어지는 일에 주먹을 부르르 떨거나 가슴을 친 몸짓을 고스란히 담기도 합니다.

이오덕 님은 처음부터 일기를 남길 생각이었을까요? 남기려고 썼으리라 싶습니다. 남길 생각이 아니었으면 쓸 까닭이 없을 만합니다. 그러나 이보다는 다른 뜻이 더 컸다고 여깁니다. '이오덕 일기'는 멧

글쓴이가 이오덕 님 글과 책을 갈무리하면서 지내던 무너미마을 작은 집

골마을 작은 학교에서 교사로 일한 어른 한 사람으로서 우리 삶과 삶터와 사람과 살림과 사랑을 지켜본 이야기 꾸러미라고 할 만합니다.

보고도 못 본 척할 수 없기에 글을 남깁니다. 똑똑히 보았기에 글을 남깁니다. 눈앞에서 버젓이 일어나는 터무니없는 일을 사람들이 아무렇지도 않게 지나가니, 이를 잊을 수 없으리라 여겨 글을 남깁니다. 언제가 될는지 모르지만, 어른이 이 땅을 떠나고서 누군가 이 일기를 넘기는 사람이 있다면 지난날 학교나 마을이나 나라에서 어떤 일이 아무렇지도 않게 일어났는가를 보여 줄 글로 남겼다고도 할 수 있습니다.

어느 모로 본다면 새마을운동 바람이 휘몰아칠 적에 새마을운동을 놓고 바로 맞서거나 대꾸하거나 잘잘못을 따질 수 없기도 했겠지요. 1970년대에 '새마을운동이라는 이름으로 하는 짓이 얼마나 끔찍한가'하고 말을 하거나 글을 써서 내놓았다면 쥐도 새도 모르게 붙들려 갔을 테지요. 그러니까 이 일기조차 그 무렵에는 함부로, 섣불리 쓸 수 없던 글이라 할 수 있습니다. 숨어서 쓴 글, 쓰고 나서 꽁꽁 감춘 글, 일기라는 이름으로 깊이 묻어둔 글이라고 할 수 있습니다.

독재권력은 사람들 입만 꽁꽁 틀어막지 않았습니다. 사람들 머리하고 손까지 틀어쥐었습니다. 이오덕 님 같은 분이라면 뒤를 쫓거나 얄궂게 지켜보는 눈이 틀림없이 있었지요. 게다가 어느 시인이 이오덕 님한테 떼를 쓴 탓에 어쩔 수 없이 빌려준, 북녘으로 간 사람이 남긴 시집을 이 시인이 서울 인사동 어느 술판에서 자랑하다가 그만 보안사 사복경찰한테 빼앗겼고, 이 때문에 이오덕 님도 보안사로 끌려가서 고문을 받았을 뿐 아니라, 그동안 애써 모았던 일제강점기·해방언저리 어린이문학 수백 권을 보안사에 빼앗기기까지 했습니다. 이오덕 님은 이때 보안사에 빼앗긴 책을 되찾으려고 무척 애썼지만, 끝내 이오덕 님한테 돌아오지 못하고, 색동회 이재철이라는 사람한테 넘어갔다지요.

다섯 권으로 나온《이오덕 일기》는 일기 전집이 아닌 선집인 터라 이 모든 이야기가 책에 실리지는 않습니다. 저는 선집에 빠진 아프거나 슬픈 이야기를 되새겨 봅니다. 그리고 이오덕 님이 일기를 여느 공책이나 수첩에 쓴 까닭을 돌아봅니다. 우리가 살아온 나날을 일기로 적바림하지만, 이 일기를 독재정권 시커먼 손이 압수수색을 한다면서 빼앗아 가기라도 한다면, 어린이문학 발자취를 갈무리하려고 그러모은 책을 빼앗겼을 적보다 더 고단한 일이 생길 수 있었겠지요. 이오덕 님은 보안사에 책을 빼앗기거나 고문을 받은 일이 더없이 슬프고 괴로웠지만, 그래도 일기를 보안사 시퍼런 눈길하고 손길이 찾아내지 못한 대목에서는 가늘게 한숨을 쉬었습니다.

두려운 그림자를 느끼면서 남기되, 두려운 그림자를 두려워하지 않고 씩씩하게 적은 일기라고 할 만합니다. 오늘 이곳에서 독재권력이 두려운 그림자로 사람들을 옥죄거나 억누르지만, 이 따위 두려운 그림자는 머잖아 걷어낼 수 있다는 꿈으로 기운을 내어 한 줄 두 줄 일기를 적었구나 싶습니다. 먼 앞날에 태어나 새터를 가꿀 젊은이하고 어린이한테 남기고 싶은 아픔을 꾹꾹 눌러서 새겼구나 싶습니다.

> 나는 대체로 자기중심으로 살아가려는 사람에게는 자기를 혁신하고 탈피하는 자기와의 싸움을 하라고 말하고 싶고, 남 위해 사는 사람에게는 자기 마음을 끝까지 지키라고 말한다. (1986.9.12./3권)

문교부 직원들은 바빠서 못 쓴다고 하고, 국회의원들도 써 준 사람이 없다고 했다. 학생들이 죽어 가고 있는 문제를 두고 글을 써 달라는데 바쁘다니 그보다 더 큰 무슨 일을 하고 있는가. 자기들이 지은 죄라 말할 수가 없는 것이겠지. 국회의원은 도대체 무엇을 하는가? 문공위원들이란 게 무슨 일 하는 사람들인가. 한심하기 짝이 없다. (1987.1.16./3권)

라디오 뉴스를 들으니 시간마다 이제 전쟁이 초읽기로 들어갔다면서, 가장 많이 한다는 이야기가 전쟁이 터지면 경제가 어떻게 되는가, 주식값이 어떻게 되는가 하는 따위다. 이 더러운 인간들이 모두

이오덕 님이 돌아가신 돌집 서재 한켠

전쟁의 공범자구나 싶다. 인간은 이래서 아주 망조가 들 대로 들었다. (2003.3.18./5권)

《이오덕 일기》라는 이름으로 나온 책에는 빠졌습니다만, 어느 교육연구회에서 모임삯을 엄청나게 빼돌린 ㅊ이라는 교사 이야기가 있습니다. 이오덕 님은 ㅊ 교사가 저지른 일을 크게 나무라면서, 이때에 모임살림을 맡은 윤구병 님이 어떻게 이런 일을 몰랐느냐고 벼락같이 따집니다. 더욱이 이 일을 제대로 매조지를 않고 얼버무렸기에 더 벼락같이 따지고, 회원들을 참으로 크게 나무란 이야기를 일기에 낱낱이 적습니다. ㅊ 교사가 그동안 빼돌린 돈을 돌려주겠다며 무릎을 꿇고 빌었기에, 참말로 돌려준 줄 알았더니, 연구회 운영진이 ㅊ 교사한테서 돈을 돌려받지 않았기에, 몹시 어이없어 한 이야기도 일기에 흐릅니다.

그런데 여기에서 그치지 않습니다. 거의 모든 회원이 교사인 그 연구회 사람들이 모임(연수회)을 할 적마다 술을 지나치게 마셔댄다면서 나무란 이야기가 무척 길게 흐릅니다. 이 이야기는 연구회 모임을 할 적마다 일기에 나옵니다. 이오덕 님은 젊은 회원을 앞에 두고 "반가운 사람들이 오랜만에 전국에서 모였으니 술도 마실 수 있지만, 연수회는 새로 배우려는 자리이니, 아침하고 낮에는 기쁘게 배우고, 저녁에 술을 마셔야 하지 않느냐? 그리고 밤새워 술을 마시느라 이튿날 낮까지 배움자리가 엉망이 되어서는 안 될 노릇 아니냐?"하고 나무랍니다.

이오덕 님은 따끔하게 나무라려다 보니 모두 아무 말 없이 고개만 푹 숙이고 무릎을 꿇기에 그만 되었으리라 여겨 부드러이 물러났는데, 이렇게 나무란 날에도 밤새도록 술을 마시고 자꾸 이런 일을 되풀이했다고 합니다. 그래서 어느 날에는 '교육연구회' 아닌 '술연구회'로 이름을 바꾸라고 호통을 합니다. 이오덕 님은 이런 모임을 그만두고 나가겠다고 밝히지요.

꾸중은 여기에서 그치지 않습니다. 술연구회가 아닌 교육연구회라면 배움모임을 하고 나서 회원 누구나 배움모임에 와서 배운 이야기를 글로 써서 모아서 회지를 내야겠는데, 배움글을 써서 보내는 회원이 드물었다고 합니다. 배움모임을 한 뒤뿐 아니라 여느 때에도 저마다 학교에서 아이들하고 글쓰기 수업을 한 이야기를 그러모아서 보내라 했지만, 이때에도 제대로 보낸 회원 교사가 참 적었다고 합니다.

수첩에 또박또박 적은, 때로는 너무 슬프고 괴롭고 힘들어 날림 글씨로 적은, 이런 일기를 무너미마을 돌집에 쪼그려앉아서 읽다가 홀로 눈물에 젖기도 했고, 짜증이 일기도 했으며, 성이 치밀기도 했습니다.

그때 그 연구회 회원인 교사들은 왜 그랬을까요? 독재권력에 짓눌린 학교교육이 너무 고달파 술이 아니고는 힘든 마음을 풀 길이 없었을까요? 그러나 아무리 그렇다고 하더라도 배움모임을 열고서 배우지 않고 술만 마신다면, 학교로 돌아가서 무엇을 할 수 있었을까요? 게다가 그분들은 이오덕 님이 써낸 책을 손수 봉투에 담아서 보내 주어도 제대로 안 읽기 일쑤였다고 합니다. 이오덕 님은 책을 새로 낼 적마다 수백 권씩 출판사에서 사들여 교육연구회 회원들한테 하나하나 부쳐 주곤 했는데, 나중에 배움모임에 가서 물어보면 회원들이 책을 읽지 않아 머뭇머뭇하는 모습을 자꾸 보면서, 어른 스스로 헛방아만 찧는구나 하고 느꼈답니다.

이오덕 님이 남긴 일기에는 며느리가 꾸리는 보리밥집 이야기도 흐릅니다. 이오덕 님 큰아들 분하고 며느리 분은 농약을 안 쓰는 자연농으로 흙을 일구어 보리밥집을 꾸렸는데, 연구회 교사들은 배움모임을 하는 동안 보리밥집에서 밥을 받아서 먹으면서도 밥투정이 잦거나 남기는 밥이 너무 많았다지요. 밥집을 꾸리는 며느리를 하찮게 여기는 교사마저 있어 깜짝 놀라기 일쑤였답니다. 더욱이 그 많은 사람 가운데 제 먹은 자리를 스스로 치우거나 설거지를 하려는 교사를 찾아보기 어려우니, 이런 몸짓으로 어떻게 아이들을 가르친다고 할 수 있는지 한숨만 나왔다지요. 때로는 나무를 괴롭히는 짓을 버젓이 일삼는 교사가 있어 이를 나무라니, 왜 나무라는 줄 깨닫지 못해 어이없어 한 이야기가 일기에 흐릅니다.

아무도 말을 하지 않는다. 선생질 하고 싶은 아이는 없는 모양이다. "너희들 생각이 좋다. 농사짓는 것도 좋고, 국수 빼는 일도 좋다. 부디 모두 착한 사람, 부지런한 사람 되어라. 다른 것 다 좋은데, 너희들 제발 선생질은 하지 마라. 참 선생질 못할 짓이다. 이렇게 돈 없는 아이들 졸라서 울리고, 날마다 성내고 고함치고 해야 하니 말이다. 난 이제라도 이런 선생 노릇 치우고 다른 일을 해서 돈을 많이 벌고 싶다. 그래서 그 돈으로 너희들같이 돈 없는 아이들에게 공책도 사 주고, 연필도 사 주고, 크레용도 사 주고, 과자도 사 주고 싶다." (1962.9.19./1권)

선생들은 손해를 안 보려고 한사코 아이들을 조르는 것이고, 이렇게 다른 직원들이 모두 보는 앞에서도 예사로 잔인한 체벌을 가하고 있는 것이다. 이런 아이들이 자라나서 교사와 학교와 교육, 그리고 사회 전체에 대해 증오와 복수심을 갖게 되는 것이 당연하다. (1967.3.23./1권)

연우(딸)가 공부 잘했다면서 공책을 보이고 또 받아쓰기를 한다고 그래서 공부한 곳만 불러 주었더니 대강 쓰기는 쓴다. 그런데 "영이야 놀자", "기영아 놀자" 이렇게 한 가지씩 쓰다가 이번에는 "연우야 놀자"고 쓰라니 그건 책에도 없는 것이라 못 쓴단다. 모른단다 … 입학하기 전에도 수없이 써 온 제 이름을 못 쓰다니! 더구나 "연우"가 아니라 "연"하고 "누"라고 발음하면서 못 쓴다니 기가 막힌다. 학교 교육이란 이렇게 아이들을 바보로 만드는 것이다. 아이들을 기계로 만드는 것이다. (1979.4.7./2권)

나는 전혀 달리 생각한다고 했다. 우리에겐 영웅이고 위대한 영도자고 있어선 안 된다. 우리의 역사와 사회는 백성들이 망친 것이 아니고 임금과 정치하는 사람들이 망쳐 놓았다. 지금도 하고 있는 교육을 보라. 무엇이든지 지시와 명령만 하고 있다. 이래서 교원들은 기계가 되어 있고, 아이들은 창조력을 잃고 이들 역시 노예근성을 익히도록 강요받고 있다. 어째서 우리가 영웅을 기다려야 하나. 어떤 영웅이 나타나면 그가 또 우리를 꽁꽁 묶어 놓을 것이다. 지도자의 허상을 부셔야 한다. 백성들 각자가 자기의 주인이 되어 자기의 행동을 자신이 마음대로 결정하고, 자신의 생활을 제 이성에 따라 결정하도록 해야 한다. (1979.7.24./2권)

떠난 어른은 까다로운 분일 수 있습니다. 그래서 새마을운동을 지켜보면서 이 운동이 얼마나 거짓스러우면서 끔찍한 막짓인가를 느끼고 이를 따졌습니다. 또래 교사나 젊은 교사가 학교에서 돈을 걷는다며 아이들을 때리고 막말을 일삼는 짓을 제발 그만두라고 말리거나 따졌습니다. 시골 사택에서 지내는 교사가 학생한테 잔심부름이며 빨래까지 시키는 모습을 그냥 지켜볼 수 없어서 이를 말리거나 따졌습니다. 새마을운동에 맞추어 해야 한다면서 제비집을 장대로 마구 허무는 교장더러 제발 그만하시라고 말리거나 따졌습니다.

까다로운 분이었으니 멧골 아이들한테 종이하고 연필을 내주어 아이들이 스스로 제 삶을 꾸밈없이 드러내어 부디 씩씩한 어른으로 자라기를 바랐습니다. 까다로운 분이었기에 밥도 옷도 집도 손수 지을 줄 알 뿐더러 어린 동생을 도맡아 돌볼 줄 아는 이 멧골 아이가 얼마나 대견하며 훌륭한가를 늘 북돋우면서 어루만졌습니다.

"남을 욕하는 것은 어째서 나쁜가?" 대답이 없다. 한참 있다가 한 아이가 손을 들었다. 김일겸이다. "그 아이 마음이 나빠집니다." 옳다. 뜻밖의 대답이다. 이런 대답이 나올 줄은 몰랐다. 참 좋은 대답이다. 남을 욕하거나 놀리거나 때리는 사람은 그 사람의 마음이 나빠지니 좋지 못한 것이다. (1970.4.23./1권)

나는 그럼 왜 동네에서 그런 사람 그냥 둡니까, 했다. 새마을운동이고 사업이고 그런 것은 하면서 왜 어린애가 그처럼 학대받고 병들고 하는 것을 보면서 못 보는 척하는가. 그런 것을 바로잡는 것은 새마을운동이 될 수 없는가? 새마을운동 이상의 중요한 일 아니고 무엇인가? (1978.6.13./2권)

5학년 아이들이 사택에 물을 들어다 주고 있다. 한 번, 두 번, 세 번째다. 보니 그토록 늦게까지 연습을 하던 체육부 육상 선수들이다. 좀 화가 났지만 조용히 말했다. "조 선생, 저 아이들 물 그만 들어다 나르도록 하지요." 내가 처음으로 아이들 노역시키는 일에 대해 한 말이었다. (1979.5.29./2권)

서울사람 쳐다보지 말고 농어촌에서 우리 것을 지키고 창조해야 한다. (1989.11.27./3권)

까다로운 분인 터라 이오덕 님이 일제강점기에 아이들한테 일본

말을 가르친 일이 스스로 부끄러워, 이를 죽는 날까지 뉘우치려고 했습니다. 일제강점기에 일본말을 가르치는 자리에 있던 만큼 일본말을 매우 잘 알아서, 한국말에 깃든 일본말 찌꺼기를 낱낱이 털어내는 길도 죽는 날까지 걸었습니다.

까다로운 분인 만큼 마음벗인 권정생 님이 쓴《한티재 하늘》에 잘못 나온 경북 사투리를 바로잡아 주었습니다. 까다로운 분이니, 주례사 서평을 한 번도 쓰지 않았고, 스스로 문단권력이 된 적도 없습니다. 까다롭게 바라보았기에 젊은 교사나 작가한테 글쓰기로 나아갈 길에 지키거나 다스릴 마음을 찬찬히 알려 주었습니다.

참말로 까다로운 분이라서, 전교조나 한겨레신문이 잘못한 일이 있으면, 이를 곧바로 짚거나 따져서 하루빨리 바로잡아서 슬기롭고 참된 일꾼이 되기를 바랐습니다. 이러면서 한겨레신문이며 풀무학교에 목돈을 기꺼이 맡기는 벗바리가 되기도 했습니다. 그리고 이 어두운, 일제강점기부터 1980년대를 거쳐 1990년대로 나아가는 길에 이 땅에 드리우는 짙은 그림자를 지켜보면서, 이오덕 님은 스스로 꾸린 교육연구회 교사조차 일삼거나 저지르는 슬프거나 안타깝거나 막된 짓에 가슴이 아파 따끔하게 나무라기도 하고 살살 달래기도 하면서 날이면 날마다 가슴앓이로 보낸 이야기를 적습니다.

> "우리가 우리 겨레 문학의 전통을 바로 세우는데, 저쪽이고 이쪽이고 권력 잡은 사람들 눈치 보고 해서는 안 됩니다." … 작가회의도 결국 정계에서 말하면 제도권의 야당 노릇밖에 하지 못하는 문인

단체구나 하는 생각이 들었다 … 그까짓 남북회담에 참여했다는 것이 무슨 대수로운 일인가? 결국 이런 단체를 이끌어 가는 사람들은 남북 작가 회담에 참석했다는 것이 역사책에도 남고 하는 것을 가장 높은 목표로 알고 모든 일을 하고 있는 것이다. (1992.4.25./4권)

권정생 선생은 내가 읽어 보라고 한 《그림자 정부》를 읽은 모양이다. "리영희고 백낙청이고 그런 사람들 글도 다 엉터리네요. 이거 우리가 어떻게 살아야 되지요?"했다. 큰 충격을 받은 모양이었다. (1999.11.18./5권)

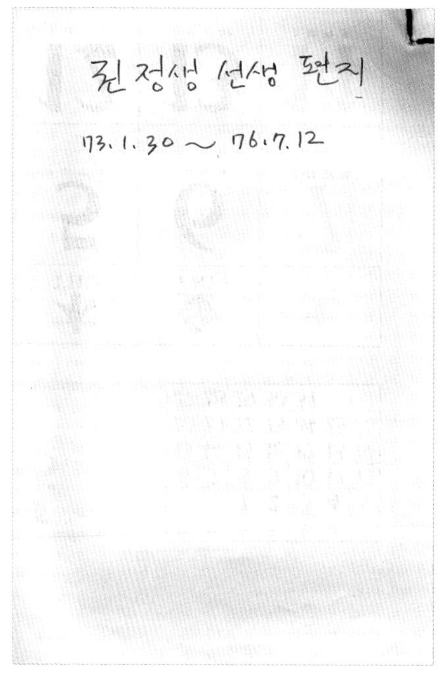

1973년부터 1976년 사이에 권정생 님한테서 받은 글월을 한데 묶어 놓았다. 이오덕 님은 권정생 님하고 글월을 주고받다가 어느 날 문득 "우리 둘이 주고받은 글월을 우리가 모두 죽고 나면 책으로 묶어서 남길 만할 수 있겠다"고 생각했다고 일기에 적어 놓았다.

이오덕 님은 2002년까지 살아내고 2003년에 흙으로 돌아갑니다. 비록 2017년 촛불물결을 지켜보지는 못했지만 2002년 붉은물결은 지켜볼 수 있었습니다. 젊은이가 우르르 떼지어 고작 축구 경기에 사로잡히는 모습에 안타까워했지만 이내 생각을 바꾸었습니다. 어쩌면 축구 경기란 한낱 작은 실마리일 수 있겠다고 여겼지요. '붉은 악마'라는 이름을 기꺼이 가슴에 달고 웃고 울며 물결치는 엄청난 젊은이를 바라보면서 우리 삶터에 꿈이 있구나 하고 여겼답니다. 오늘(2002년)은 축구 경기에 어깨동무를 하며 물결을 치지만 머지않아 이 땅을 사회를 나라를 마을을 송두리째 뒤흔들어 바꿀 새로운 힘을 펼치리라 느꼈다고 합니다. 그래서 이때에 모든 일을 젖혀 두고 2002년 붉은 악마 축구 경기에 나라를 뒤흔든 젊은이 이야기를 낱권책 하나만큼 썼고, 이 글꾸러미는 어른이 숨을 거둔 이듬해에 《아이들에게 배워야 한다》라는 이름을 달고 책 하나가 되었습니다.

일기란, 어제를 갈무리한 노래일 테지요. 오늘을 되새기는 노래일 테지요. 모레를 바라보며 꿈꾸고픈 노래일 테지요. 그리고 남기는 이야기란, 젊은이하고 어린이가 앞으로 살아가는 길에 마음벗이 될 씨앗으로 삼을 말을 담은 노래일 테지요.

서슬퍼런 군홧발에서 지키려고 일기를 책더미에 묻습니다. 새마을운동으로 온누리가 무너져도 파란하늘 같은 숨결을 가슴에 고이 묻습니다. 오래도록 숨을 죽이던 일기는 드디어 빛을 보면서 우리한테 조용히 묻습니다. 떠난 어른은 우리한테 물음 하나를 남겨 주었고, 우리는 떠난 어른을 그리면서 이 물음에 깃든 수수께끼를 새삼스레

함박눈이 내린 날. 이오덕 님 무덤으로 가는 멧길

되묻습니다. 산이 되고, 새가 되며, 노래가 되는 길을 걷고 싶던 어른은 포근한 밑거름입니다.

기차에서 바깥으로 내다보는 가을 들판, 가을 산천, 가을 저녁 하늘이 너무너무 아름다웠다. 그런데, 내가 앉은 서쪽 창을 보니 햇볕이 더운 것도 아닌데 모두 창 가리개를 내려 덮어 놓았고, 밖을 내다보는 사람은 나 하나뿐이었다. 사람들이 왜 이렇게 되었나 싶었다 … 나는 이 땅에만 살아도 자연이 너무너무 볼 것이 많고 감동할 것이 한이 없다. 내가 몇 차례 다시 살아나도 나는 이 땅을 더 보고 싶다.

이 땅을 사랑할 줄 모르는 사람이 무슨 시인인가! (1992.10.12./4권)

오늘 저녁 처음으로 소쩍새 소리 들었다. 뜰 앞에 살구꽃, 앵두꽃이 만발했다 … 저녁때 우체통에도 가야 해서 나갔더니, 앞뜰에 살구꽃이 활짝 피었다. 앵두꽃도 활짝 피었다. 옆집 살구꽃도 피고, 앞밭의 살구꽃도 피었다. 아, 나는 아직도 살아서 이 봄에 살구꽃을 보게 되는구나 싶었다. (1999. 4.16./5권)

이오덕 님이 쓴 시집·일기

《이오덕 교육일기 1》
1989, 한길사

《이오덕 교육일기 2》
1989, 한길사

《고든박골 가는 길》
2005, 실천문학사

《무너미마을 느티나무 아래서》
2005, 한길사

《선생님 요즘은 어떠하십니까》
2015, 양철북

말은 씨앗입니다

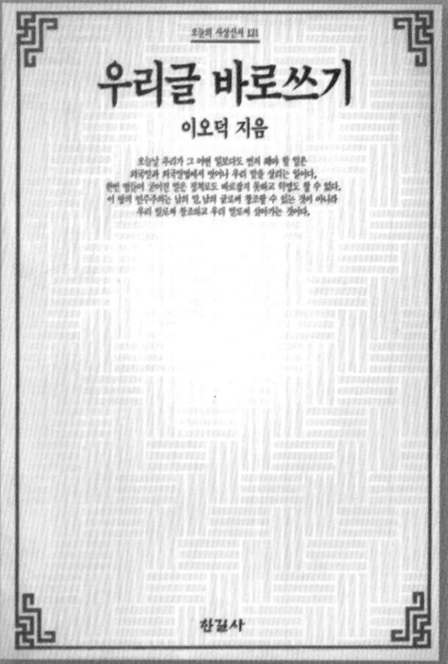

《우리글 바로쓰기》 1989.10.23. 한길사. 말 · 사전

제가 출판사에서 새로운 한국말사전을 짓는 일을 맡았을 때는 스물여섯이었습니다. 저로서는 이 나이에 국어사전 편집장을 맡는다고 할 적에 좀 늦었다고 여겼습니다. 다만 저 혼자 이렇게 느낄 뿐이었습니다. 둘레에서는 왜 저런 젊은이한테 국어사전 편집장을 섣불리 맡기냐고 뒷말하는 분이 많았습니다.

사전에는 모든 말을 빠짐없이 실을 수 없습니다. 우리는 이 대목을 자꾸 잊습니다. 사전은 모든 말을 담는 책이 아니라 담을 말을 알맞게 골라서 싣고 알뜰히 다루어 풀어 내고 들려주는 책입니다. 사전은 말을 가려 실어서 사람들한테 생각을 북돋우는 노릇을 합니다.

그래서 저는 말을 다루는 온책 또는 온숲인 사전을 엮는 일꾼이라면 훨씬 젊어야 한다고 생각합니다. 여러 가지를 더 많이 겪은 사람이 아닌, 여러 가지를 더 새롭게 바라보고 생각할 줄 아는 젊은 일꾼이어야 사전 편집장에 어울린다고 생각합니다. 여러 가지를 더 많이 겪거나 아는 사람이라면, 젊은 일꾼이 엮은 사전을 찬찬히 살피면서 알맞게 다듬어 주는 몫을 맡을 적에 어울리리라 여겼습니다. 사전 줄거리는 먼저 젊은 눈으로 가꾸고서, 슬기로운 눈으로 나중에 고르게 갈무리해야 앞뒤가 맞다고 보았습니다.

우리는 누구든지 학교에 들어가기 전에 부모로부터 평생을 쓰게 되는 일상의 말 대부분을 배웠다. 그러나 학교란 곳에 들어가고부터는 집에서 배운 말과는 바탕이 다른 체계의 말을 익혀야 했다. 그래서 부모한테서 배운 말을 부끄럽게 여기고 잊어버리게 하는 훈련을 오

랫동안 받았던 것이다. (6쪽)

나도 어린아이들의 말과 글에서 우리 말의 순수함을 배웠다. 그래서 어른들이 쓰는 글과 말이 잘못된 것을 깨닫게 되었고, 그 깨달음을 바탕으로 하여 이 책을 내게 되었다. (9쪽)

이오덕 님 책하고 글을 찬찬히 갈무리할 적에 제가 가장 눈여겨보면서 일구어야 할 책은 '우리 말 바로쓰기 사전'이었습니다. 이오덕 님이 못 마친 일이 여러 가지인데, 이 가운데 가장 굵직한 일감이 '우

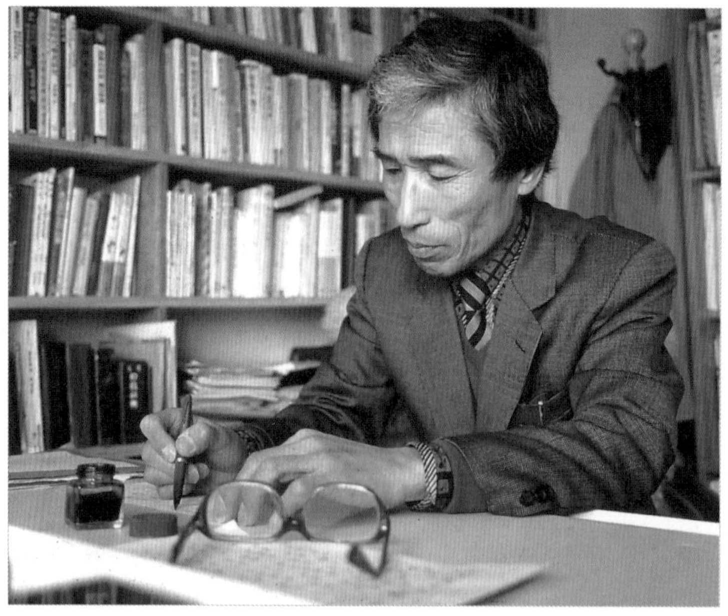

글을 쓰는 이오덕 님

리 말 바로쓰기 사전'이었습니다.

조선이라는 나라에서 지식인이나 권력자는 중국말을 썼습니다. 개화기를 거쳐 일제강점기에는 중국글에다가 일본글을 썼습니다. 이러면서 우리 손으로 쓴 책마저 한국글(한글)이 아닌 중국글이나 일본글로 썼습니다. 해방을 맞이하고도 중국글하고 일본글에서 안 벗어났습니다. 이오덕 님이 1989년부터 《우리글 바로쓰기》를 내놓기 앞서는 지식인이나 권력자 모두 조선 시대·일제강점기·해방 뒤에 길든 일본 말씨하고 일본 한자말하고 번역 말씨를 털어낼 생각을 거의 안 했습니다. 그래서 어린이도 푸름이도 젊은이도 한국 말씨가 무엇인지 모르는 채 교과서하고 인문책이 시키는 대로 글을 익힐 뿐이었습니다.

한때는 이오덕 님도 이런 흐름을 따르면서 《글짓기 교육》(1965)이나 《아동시론》(1973)이나 《시정신과 유희정신》(1977) 같은 책을 새까만 한자말로 채웠습니다. 이러다가 《일하는 아이들》이나 《우리도 크면 농부가 되겠지》를 내면서 차츰 한자말 쓰기를 줄입니다. 1980년대로 접어들면서 '한자를 안대서 한자말을 쓰는 일=한자를 모르는 이웃을 등지는 짓'이라고 깨닫습니다. 흙을 배움집으로 여기며 살아온 이웃을 바라보는 길을 가야겠다고 깨닫습니다. 흙을 아끼고 숲을 사랑하며 들에서 뛰노는 아이들 마음 그대로 글을 쓰고 생각을 펴는 길을 새로 닦아야겠다고 깨닫습니다.

우리가 몰아내어야 할 중국글자말은 무엇보다도 먼저, 우리 글자로

썼을 때나 입으로 말했을 때 그 뜻을 알 수 없거나, 이내 알아차릴 수 없는 말이다. (19쪽)

이 말을 바로잡는 더 좋은 방법이 있다. 그것은 '일체'란 말도 쓰지 말고 순수한 우리 말로 쓰는 것이다. 모든 것, 온갖 것, 아주, 도무지, 전혀 들과 같이 그때그때 알맞은 우리 말을 골라 쓰면 얼마나 깨끗하고 분명하고 좋은가? 아름다운 우리 말을 두고 중국글자말을 쓰자니 이런 문제가 생기는 것이다. (97쪽)

대관절 사전에서 낱말을 풀이하는데, 널리 쓰이는 민중의 말을 두고 '통속적'이란 딱지를 붙이다니 이래서 되겠는가? '통속'이란 말에는 두 사전의 풀이에는 없지만 내가 느끼기로 속되다, 곧 '고상하지 않고 천하다'는 뜻이 들어 있다. '한테' '한테서'가 통속적으로 쓰이는 말이라고 한 것은 분명히 이런 '고상하지 못하고 천한 말'이란 뜻으로 한 말일 것이다 … 통속적이 아닌 말, 고상한 말을 표준말로 삼는다고 중류사회의 말을 쓰다 보니, 농민의 말·민중의 말은 '통속적인 말'로 버림받고, 사전에까지 '통속적'이라 풀이해 놓는 것 아닌가. (183쪽)

농민들은 자기들이 살고 있는 땅의 이름을 짓고, 산과 내의 이름을 짓고, 마을의 이름을 지었다. 풀과 나무의 이름도, 짐승이며 벌레의 이름도 물고기의 이름도 지었다. 농사를 짓는 데 쓰는 여러 가지 연

모의 이름도 지었고, 일을 할 때 필요한 말, 일을 하면서 느끼는 괴롭고 즐겁고 슬프고 답답한 마음을 나타내는 여러 가지 말을 지어서 쓰고, 사랑과 미움, 소망과 절망 등 온갖 마음을 말로 나타내었다 … 삶의 주인인 농민들이 스스로 말을 창조하고 쓰면서 즐기고 전하던 시대에는, 그들의 말밖에 따로 인간을 겁주고 짓누르는 말이 거의 없었다. (253쪽)

'아버지' '어머니' 이것이 우리 겨레의 말이지 '훤당' '춘부장' '대부인' 같은 말이 우리의 모국어가 될 수 없다. (311쪽)

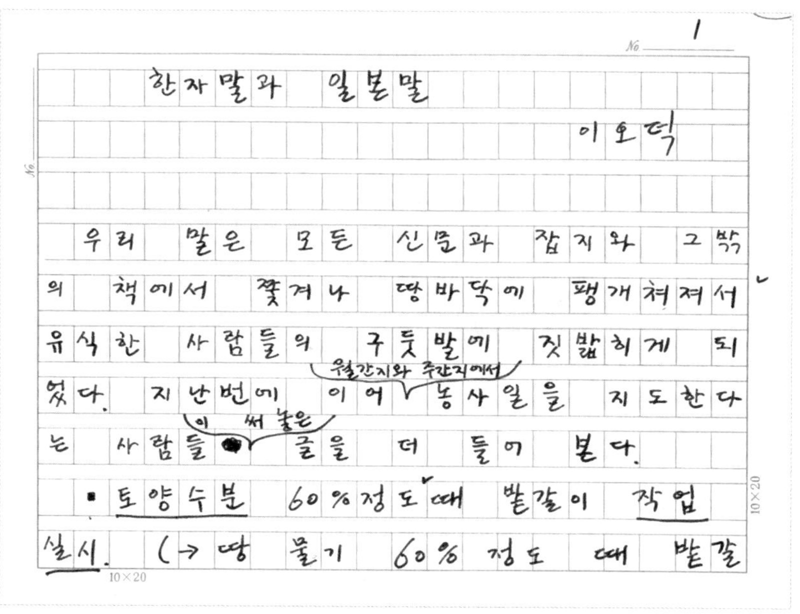

No 1

한자말과 일본말

이오덕

우리 말은 모든 신문과 잡지와 그 밖의 책에서 쫓겨나 땅바닥에 팽개쳐져서 유식한 사람들의 구둣발에 짓밟히게 되었다. 지난번에 이어 월간지와 주간지에서 농사일을 지도한다는 사람들이 써 놓은 글을 더 들어 본다.

• 토양수분 60% 정도 때 밭갈이 작업실시. (→ 땅 물기 60% 정도 때 밭갈

10×20

〈한자말과 일본말〉이라는 이름으로 쓴 글

우리 말 바로 쓰기
(우리 말 살리기)

※ 우리 민족이 30년 뒤에도 살아 남기 위하여…

1 우리 말의 말의 질서

① ㊀삼거리 — 네거리 — 오거리

② 석·서 넉·너

마리 / 개 / 사람 — 한·두·세·네·다섯…

집 / 자 / 동 — 한·두·석·넉·다섯… (ㄴ·ㄷ·ㅅ·ㅈ)

말·섬·장 / 냥·단·줌 / 잠

되 / 말 / 발 — 한·두·서·너·다섯… (ㄷ·ㅁ·ㅂ·ㅍ·ㅎ)

돈·홉·푼

※ 두름·자루?

③ '먹을 거리'와 '먹거리'와 '멀거리'

실지로 있었던 말 — 멀거리·먹을 거리

글로 쓰게 되면 — 먹을거리

※ ▪ 들어서 잘 알 수 있고
▪ 다른 말과 구별이 되고
▪ 자연스럽게 느껴지는 말
→ 말의 질서

2 한자말의 문제 (한자말의 무질서)

① 들어서 알 수 없는 말
- 재고·매물·비보·인재·호기·소음·무위·소지
- 의아(해한다)·우울하다·우아하다·의의·의미·이유·오수·오인·의외·오기·오명·유아·

② 읽어서 알 수 없는 말
- 수수·절절·발발·가시화·수매가·비보·관건·은닉·

③ 엉뚱한 뜻으로 느껴지는 말
- 박차·수수·발발·주가·화재·화제·수상·매매·동의·연패·대북·대미·대일·고가·고미술·하자

④ 이상한 느낌이 드는 말
- 우아하다·직면·발발·수수·절절·접한다·필히·

⑤ 우리 말이 있는데도 안 쓰는 경우 (일부러 어려운 말을 쓰는 경우)
- 냉수·제곡·오찬·조찬·매일·화훼·회화·우려·계절·미래·초우·하자·가능·불가능·은닉·돌입·부상·가격·초원·대지·심야·도서·토양·탑승

⑥ 잘못된 만든말
- 상판·비자금·주자

⑦ 지식인들의 유식 자랑
- 민초·신토불이

⑧ 문학인들의 유식 자랑, 권위 자랑
- 필자·대지·조춘·우아·우수·애수·황혼·원초적·대지·비애·향수·여명·초추·만추

⑨ 잘못 쓰는 말
- 내용물·인구수·

⑩ 겹으로 쓰는 말
- 시도·실천·수상·해안 바닷가

⑪ 일본말
- 인상·인하·입장·역할·축제·취소·할당·게시·입구·창구·행선지·여행

⑫ 느낌이 좋지 않은 말
- 폭서·비해·필히·만끽·

⑬ 어려운 말
- 조우·해우·조찬·은닉·하자

손수 적어 놓은 '우리 말 바로쓰기' 밑틀

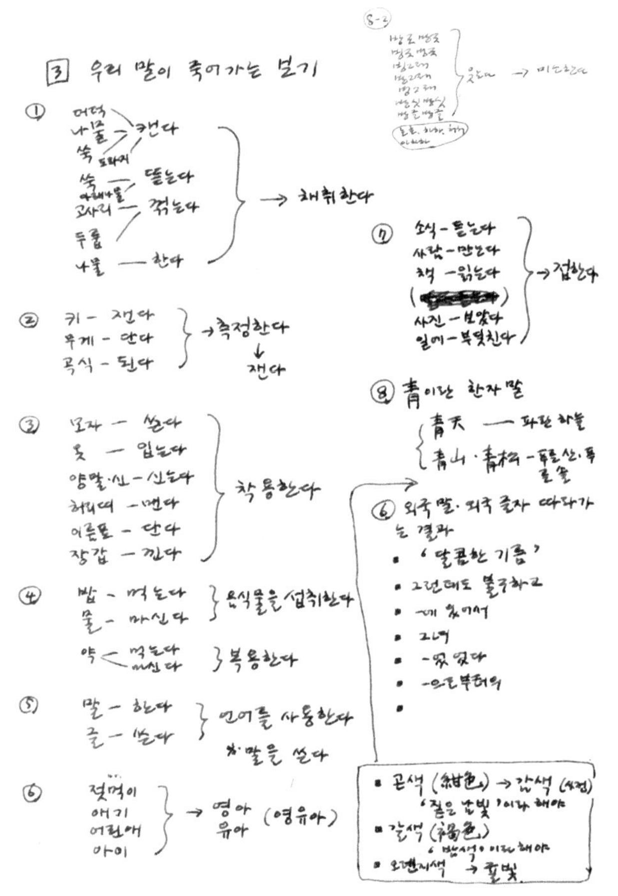

4 영어와 우리 말 살리기

① 아이들에게 영어를 가르치는 결과가 어떻게 되나?

가. 우리 말도 제대로 가르쳐 주지 못하는 부모와 교사들.

나. 우리 말을 이어받지 못하고

다. 우리 말을 더욱 멸시하는 정신을 기르게 되고

라. 우리 말을 제대로 모르니 영어를 제대로 배울 리 없다

※

② 온 국민이 영어를 알아야 앞선 나라가 된다는 이 잘못된 생각.

가. 일본의 경우

- "총리대신이 되려면 영어 공부를 해야 하는가?"
- 어느 세6회이 학자의 경우.

③ 과외 공부 — 아이들 잡기에 미쳐 있는 이 망국 풍조.

[illegible]

옛날 높은 양반들이나 거의 모든 선비들은 '밥'을 먹고 살지 않았다. '조반'을 먹고 '석반'을 먹었던 것이다. 머슴이나 일꾼들, 부녀자들이 먹는 것만이 '밥'이요 '죽'이었다. (351쪽)

이오덕 님은《우리글 바로쓰기》를 사람들을 일깨우거나 가르치려고 쓰지 않았습니다. 일제강점기에 일본말로 아이들을 가르친 부끄러운 몸짓을 털어내려고 이 책을 썼습니다. 일본말을 아주 잘 할 줄 아는 데다가, 멧골아이를 가르친 삶을 바탕으로, 오늘날(1980~90년대) 한국말이 얼마나 일그러졌는가를 뼈저리게 느껴서, 누구보다 스스로 배우려고, 어른 스스로 이녁 말을 몽땅 뜯어고치려고 이 책을 썼습니다.

이오덕 님이《우리글 바로쓰기》를 선보이면서 이녁 스스로 모든 글버릇을 고치고 이야기꽃을 피우기까지 열 해 즈음 걸립니다. 그렇다고 열 해 만에 모든 글버릇을 가다듬지는 못합니다. 오랫동안 길든 글버릇이 있어서 어른 스스로 못 버리고 마는 말씨도 있을 줄 알았으리라 생각합니다. 이를테면 이오덕 님은 '중요하다' 같은 한자말을 고쳐 보려고 몹시 애쓰셨지만 잘 안 되었습니다. '-의'는 글에서 그냥 털어내면 된다고 말씀하셨으나 드문드문 '-의'가 튀어나오기도 했습니다. 그래서 이오덕 님 일기를 보면 "그렇게 애써서 내 글을 손본다고 손보았지만 오래 길든 버릇이 튀어나와서 어쩔 수 없구나"하고 한숨짓기도 합니다.

이오덕 님은《우리글 바로쓰기》에서 "아이들에게 잘못된 말을 가르쳐 우리 말을 병들게 했을 경우 그 잘못을 드러내어 비판하지 않을 수 없다"며 스스로 다그칩니다. 남을 나무라기 앞서 그동안 이녁 스스로 어떤 말로 아이들을 가르치는 일을 했는가를 돌아보면서 털어놓는 말입니다. 그런데 이런 대목을 읽다가 많은 분이 버거워합니다. 이런 나무람이나 다그침을 마치 우리를 꾸짖거나 가르치려고 하는 줄 여기고 맙니다. 책에 '바로쓰기'라는 이름이 붙기에 얼핏 '글을 바로 써야 한다'고만 생각하는 분도 많습니다. 그러나 이는 아주 작은 대목입니다.

우리는 이 책에서 말하고 글하고 넋하고 삶이 하나로 될 수 있는 길을 찾으려고 한 이오덕 님 마음을 함께 읽으면 좋겠습니다. 아무리 뜻을 세우고 갈고닦아도 모든 낡은 버릇을 털기까지 얼마나 마음을 제대로 쏟아야 하는가를 읽으면 좋겠습니다. 이 대목을 읽어 낸다면 '우리 말글을 바르게 쓰자'는 뜻을 내세우는 적잖은 책이 이오덕 님이 쓴 책하고 어떻게 다른가를 살필 수 있습니다. 이오덕 님은 말만 번드르르하게 손질하는 길을 반기지 않았습니다. 민주 · 평등 · 평화를 외치면서 정작 말글은 민주도 평등도 평화도 아닌 지식인을 믿지 않았습니다. 그렇다고 이런 일을 아무나 못 한다는 소리가 아닙니다. 찬찬히 마음을 기울이되 서두르지 않으면 한 걸음씩 나아가면 할 수 있습니다.

> 말법이 비슷해서 그대로 직역해 놓아도 대강의 뜻은 짐작할 수 있다는, 게으르고 성의 없고 책임감 없는 태도가 화를 불러일으킨다.

일본글의 본뜻이 잘못 옮겨지는 것이야 우리로선 그 잘못이 거기에 그친다고 하겠지만, 우리 말이 일본글을 따라 괴상하게 씌어지는 것은 예사일이 아니다. (104쪽)

중국글을 읽을 때도 우리는 이 '於' 자를 '에' '에서' '에게' '부터'로 읽지, '-에 있어서'라고 하지 않는다. 일본보다 우리가 중국글을 먼저 썼지만, 옛날 어디에도 '-에 있어서'는 없다. 또 지금도 글을 읽지 않는 시골사람들은 이 말을 결코 쓰지 않는다. 이 말은 일본제국이 이 땅에 들어온 뒤에 일본글 공부를 한 사람들이 쓴 글에서 비로소 나타나게 된 것이다. (118쪽)

일본제국은 이 땅을 식민지로 통치하면서 우리가 도무지 받아들일 수 없는 문화와 전통까지도 강요했다. 또 어떤 것은 강요하지 않아도 일본말 일본글을 통해 지식을 얻고 생각을 이룬 대부분의 사람들이 일본의 문화를 아무 비판도 없이 그대로 우리 것으로 번역해 제것인 양 그 속에서 살고, 다시 이것을 자라나는 세대에 물려주었다. (204쪽)

옛날 우리 백성들은 중국글자를 모르면 사람 대접을 못 받았고, 왜정 때는 일본말 일본글을 모르면 아주 못난 시골사람으로 천대받았다. 그런 잘못된 역사는 아직도 그대로 계속되고 있다 … 걸핏하면 외국손님 보기에 부끄럽다는 식으로 말하는 버릇도 우리가 마치

외국사람들 위해 살고 있는 것처럼 알고 있는 종살이본성에서 나온 말이다. (217쪽)

일제시대에 학교 공부를 한 사람들은 사상전집이고 문학전집이고 종교 서적이고 과학 서적이고 모두 일본 책으로 읽을 수밖에 없었다. 그래서 그들이 쓴 글을 보면 순수한 우리 말로 쓴 글이 없고 죄

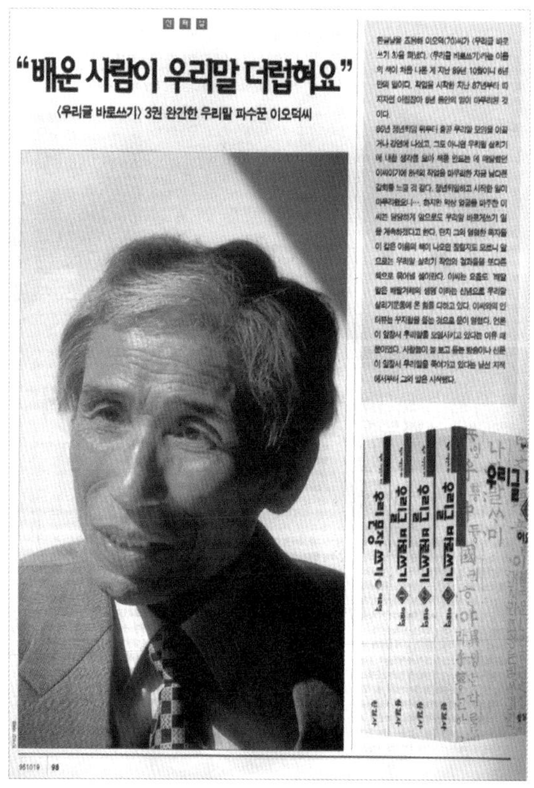

"배운 사람이 우리말 더럽혀요"

〈우리글 바로쓰기〉 3권 완간한 우리말 파수꾼 이오덕씨

1995년 1월치
<한겨레21>에 실린 기사

한국일보

1996년5월3일 금요일

20版 제14914호

특집

제14회 여성생활수기 우수작

날개가 있는 것은 중력을 이길 수 있다

李 源 淑

펜팔 17년만에 찾아간 바바라의 뉴질랜드

친구라던 앤지는 이혼한 前며느리 "충격연속"

이오덕 님은 신문글에서 드러난 얄궂은 말씨를 찾아서 모아 놓았다.

니 받아들이더란다.

"고맙지요." 44년간의 교직생활 속에서도 평생 소원이 농사짓기였던 선생은 용기도 없고 엄두도 나지 않아서 하지 못했던 것을 군말없이 따라준 큰아들에게 무척 고마워하고 있었다. 처음 충북 금왕읍에 정착하여 농사를 시작한 큰아들은 한동안 농산물 가공업에도 종사하다 10년 전부터 이곳에 정착하여 오리농법으로 논 3천평, 밭 3천평의 유기농 농사를 짓고 있다.

농업학교, 그리고 아버지

1925년 일제시대 태어난 선생은 당시 9할이 넘는 사람들이 농사를 지었던 현실 그대로 농사꾼의 아들로 태어났다. 그러나 선생의 아버님은 농사를 지으면서도 책을 늘 손에서 놓지 않는 '반선비'이셨다. 그 영향으로 선생 또한

"참 교육 잘 받았어요. 요새는 그런 학교가 없지요." 선생은 그곳에서 '땀흘리며 일하는 것과 밥을 해서 함께 나누어 먹는 것'을 배웠다고 한다.

"공부하면서도 일하고, 땀흘리며 일해야 사람이 되지요. 그래야 사람다운 감정을 가지고, 사람다운 생각과 행동을 하게 됩니다. 먹는 것이 어떻게 나오고, 입는 것과 자는 것이 어떻게 나오고, 또 그것을 어떻게 나누어야 하는 지, 바로 그것을 가르치는 것이 교육인데, 이건 온통 장사꾼들만 기르고 있으니, 돈이면 제일이고…. 장사 이전에 그 땅에서 생산하는 것이 있어야 하는데…."

해방, 그러나 뒤로 가는 역사

선생은 농업학교 졸업 후 학교 추천으로 바로 영덕군청에 사무원으로 취직을 하게 된다. "학교에서 공부를 잘 했나봐요." 군청에서 학교를 상대로 하는 학무계를 담당하여 당시 한 면에 하나씩 있던 학교에 더러 출장을 다니고 하던 선생은 아이들과 함께 놀고 가르치는 선생님들의 모습이 너무나 좋아 – 군청에서 엎드려 사무나 보느니 – 교원시험을 치르게 된다. 1년 후 합격, 선생은 1944년 드디어 주왕산이 있는 청송군에서 교직생활을 시작하게 된다.

그러나 해방으로 들뜬 기쁨도 잠시 교육은 곧바로 일제시대로 돌아가고 말더란다. 이를테면 조회시간에 "차렷, 경례, 쉬엇"하는 것(군대식)이 모두 일본말의 번역이듯이 교육관료들에 의해 교육환경, 교육내용, 교과서 등등 모든 것들이,

글쓰기교육과 거울

"사람이 사람다운 생각을 가지려면 반성이 있어야죠. 마치 거울에 제 모습을 비추어 보듯이 정직하게 글을 쓰면 바로 자기의 행동과 생각을 볼 수가 있어요."

어떻게 하면 아이들을 참다운 사람으로 기를 수 있을까? 고민 끝에 생각해 낸 것이 바로 선생이 좋아한 글쓰기교육이었다. 자기가 쓴 글을 다른 사람이 읽어서 이건 이래서 잘못이다, 지적을 하면 아, 내가 잘못이구나, 깨달을 수가 있다. 그래서 글이란 자기 자신을 가꾸는, 키워가는 더 없이 소중한 공부가 되는 것이며, 그래서 글이 바로 인간교육이 되는 것이다.

하지만 글쓰기교육하면 군인에게 보내는 위문편지나 반공글짓기대회만 생각하는 척박한 교육현실 속에서 정직한 글쓰기교육을 한다는 것은 그리 쉽지가 않았다. 더욱이 이승만, 박정희, 전두환으로 이어지는 독재정권 아래에서 정직함이란 커다란 위험을 감수해야만 하는 일이었다. 결국 선생은 군사정권의 "호헌"으로 얼룩진 1986년 44년간 몸담아온 교직을 떠나게 된다. 더 이상 교단에서 선생이 할 일은 남아있지 않았던 것이다.

머리만 쓰는 사람과 우리말 살리기

과천에 틀어앉아 아이들이 쓴 글이 아닌, 어른들이 쓴 글을 읽는 선생에게는 그 자체가 고통이었다. 아름다운 우리말은 어디론가 다 사라져버리고 온통 서양

"책만 보고 자라니…. 세상을 살아가는 삶의 이치를 행동으로, 몸으로 얻어내는 것이 아니라 머리로, 책이나 읽고, 그러니 책이나 신문, 잡지 등의 내용이 일하며 사는 가운데, 땀흘리며 일하는 속에서 나오지를 않고…. 읽는 책들도 죄다 서양책, 일본책들이고, 지식인이라는 사람들, 모두 서양말법과 일본말법에 젖어 있어요. 그게 다 우리말인 줄 알고들 있지요. 글이란 말에서 나온 것인데…. 말이 기본이고, 으뜸이고, 말이 살아야 살아있는 우리글을 살릴 수가 있는데, 이건 거꾸로 글이 말을 지배하는 사회가 되어버렸으니…. 머리를 쓰는 지식인들이 땀을 흘리며 일하는 사람들을 지배하는 사회가 되어버린 거지요."

선생은 지금 많이 편찮으시다. 그래도 선생은 어김없이 2시간이 넘게 우리말에 대한 사랑을 절절히 기자에게 털어놓고 계셨다. 끊임없이….

"귀로 들어서 잘 모르는 것은 우리말 자격이 없지요. 모두들 '우아하다'는 말(일본말)을 쓰는데, 그게 무슨 뜻인지 알겠어요? 그냥 곱다, 아름답다, 예쁘다, 하고 쓰면 되지요. '어제 어디 갔었다(미국말)' → 갔다, 그럼에도 불구하고(일본말) → 그런데도, 몇 명(일본말) → 사람, 가족(일본말) → 식구…."

한글로 쓴다고 해서 다 우리말이 아니다. 우리가 말할 때 "우리 가족"이라고 쓰지 않고 "우리 식구"라고 쓰듯이…. 지난 10월 9일은 한글날이었다. 이제 우리 마음먹고 이오덕선생의 '우리글 바로쓰기(한길사)'를 한 번 읽어봄이 어떨까 자….

이인문기자

건치신문에 나온 취재 기사. 이 취재 기사에 이오덕 님이 잘못 적힌 곳을 빨간 볼펜으로 적바림했다.

다 일본말을 번역한 글투에서 벗어나지 못했다. 8·15 후의 세대들은 그 일제시대의 지식인들에게 배우고, 그들이 쓴 책을 읽어서 지식을 얻고 말과 글을 익히게 되었다. (391쪽)

지난날에는 위(나라)에서 시키니까 일본 말씨나 한자말을 그대로 쓰는 일이 많았다고 합니다. 더욱이 학교에서 행정서류를 다룰 적에 그런 말을 반드시 써야 했겠지요.

1986년에 전두환 떼거리가 군홧발로 이오덕 님을 학교에서 내쫓았는데요, 이오덕 님이 남긴 일기를 보면 "한국에서 교장 가운데 정치힘에 밀려 그 자리에서 물러난 사람이 이녁이 처음"이리라 느끼면서 더는 끔찍한 행정서류에 시달리지 않아도 되니 후련하다고 밝힙니다. 비록 1986년에 교장에서 밀려나야 했지만, 이때까지 이오덕 님이 몸담은 학교는 문교부에서 늘 서류 폭탄을 던져 모두 몹시 고달팠다고 합니다. 다른 일을 하나도 할 수 없도록, 그러니까 아이들한테 글쓰기를 가르치거나 참배움을 펼 수 없게끔, 전두환 패거리가 모질게 괴롭혔다고 합니다.

어느 모로 본다면, 전두환 떼거리가 이오덕 님을 학교에서 내쫓으면서 이오덕 님은 교사 연금을 못 받는 몸이 되었으나, 날마다 숱하게 써내야 했던 끔찍한 행정서류를 더는 안 써도 되면서 홀가분할 수 있었습니다. 그동안 위에서 억누른 탓에 이녁 스스로 못마땅해도 행정서류에 그냥 써야 했던 일본 말씨하고 일본 한자말을 차분히 돌아볼 틈을 얻었다고 할 수 있습니다. 교사로 걸어온 길을 이태 남짓 되새기면서 바야흐로 말을 말답게 가꾸는 길을 밝히는 책을 갈무리해야겠다고 느꼈고, 이를 《우리글 바로쓰기》로 묶었습니다.

그런데 국민학교에서 풀려난 몸이 되고 얼마 뒤, 대학교에서 글쓰기를 가르치는 강사 노릇을 맡습니다. 좀 홀가분하게 삶을 돌아볼 만한가 싶더니 새로운 굴레가 생긴 셈입니다. 이때에 "가르치는 짓"을 더는 안 하고 싶었으나, 부디 대학생한테 참글을 가르쳐 달라는 말에 더 손사래를 치지 못합니다. 이리하여 대학교에서 대학생을 맡아서 글쓰기를 이끌어 보려는데, 대학생이 그야말로 글 한 쪽 제대로 못 썼다고 하지요.

대학생이 모두 바보라는 소리가 아닙니다. 대학교에 들기까지 거의 웬만한 고등학생이 입시공부에만 매달리다 보니, 정작 대학생이란 자리에 들어왔어도 스스로 살아온 이야기, 스스로 살아가는 이야기, 스스로 살아갈 이야기를 차분히 적을 줄 몰랐다고 합니다. 대학생쯤 되니 맞춤법이나 띄어쓰기는 얼마쯤 살피기는 하지만, 한국말다운 한국말을 거의 몰라 이오덕 님이 깜짝 놀랐다고 합니다.

그래도 이오덕 님은 일제강점기에 교사를 처음 맡고, 해방하고 한국전쟁을 거쳐서 박정희 · 전두환 적에 멧골마을 아이들을 맡은 뒤에, 1980년대 끝무렵에 살짝 대학강사로 대학생 젊은이를 맡으면서, 이 땅에서 한국말을 어떤 글에 담아서 가르치고 배우는 길이 아름답고 사랑스러운가를 시나브로 깨닫습니다.

그렇다면 ('준용하천'을) '작은 내'라고 적어 놓으면 얼마나 좋은가?

이렇게 알기 쉬운 말로 적어 놓으면 행정과 행정관리들의 권위가 땅에 떨어지는가. (49쪽)

남의 나라의 영향을 받은 것을 옳다고 볼 경우란, 남의 것을 바르게 알려고 애쓰면서 우리 것을 지키는 노력을 힘껏 한 다음에 받은 것이라야 하는 것이지, 처음부터 제것은 다 내버리고 남의 것에만 홀려 따라가는 짓을 옳다고 볼 수는 결단코 없다. (190쪽)

놀림받지 말라 국민들이여! 이오덕

며칠 전 내 방에 날아 들어온 어느 국회의원 나선 사람의 인사장을 보았더니, 유식한 말을 쓴다고 틀려 버린 곳이 몇 군데나 있었다. 이런 인사장을 부끄럼도 없이 돌리다니, 유권자들을 얼마나 형편 없는 존재로 깔보는가 싶었다.

후보자들이 덮어놓고 자기를 지지해 달라고 온갖 방법으로 세력을 과시해 보이는 것도 국민을 우매한 무리로 보

2004년 3월에 찾아낸 글종이. 선거를 앞둔 어느 날 후보자들이 보낸 글을 살피다가 '정치를 한다는 이'들이 얼마나 사람들을 얕보며 잘난 척하는가를 느끼고 〈놀림받지 말라 국민들이여!〉라는 이름을 붙여 매우 성을 내면서 나무라는 이야기를 썼다.

이 말('입장')은 해방 직후부터 문제가 되어, 한글학회에서도 일본말이니 쓰지 말자고 하였지만, 워낙 일본말 버릇에 굳어져 있는 사람들이 많은데다가 문화 전반에 걸쳐 남의 것을 흉내내고 따르는 병든 풍조가 수십 년 동안 사회를 휩쓸어 온 결과, 이제는 이 말이 일본말인 줄 아는 사람도 어쩔 수 없이 따라 쓰게 되는 데까지 와 버렸다. 모든 역사가 뒷걸음질을 쳐 온 자취가 이런 말 한 마디에도 엿보인다. (201쪽)

국민학생들은 1학년이고 6학년이고 그 말에 높낮음이 없고 평등하다. 그런데 중학교만 들어가면 한 학년만 달라도 한쪽은 높임말을 쓰고 한쪽은 낮춤말을 쓴다. 이런 말의 질서가 고등학교 졸업 때까지 꽉 짜여 요지부동으로 되어 있다. 학교교육의 군대식 체제가 얼마나 뿌리깊이 파고 들어가 있는가. (309쪽)

생각은 민주주의로 앞서가고 있는데 그 생각을 담은 그릇이 되는 말은 백성의 것이 아닙니다. 그 까닭은, 이런 운동을 하는 사람들이 가지고 있는 생각이 모두 책에서 지식으로 얻은 것이기 때문입니다. (328쪽)

저는 처음으로 《우리글 바로쓰기》를 읽을 적에 깜짝 놀랐습니다. 왜 고등학교에서 어느 어른도 저한테 이 책을 읽으라고 알려 주지 않았나 싶어 놀랐지요. 그때부터 이 책을 만나서 깊이 배울 수 있으면 얼마나 좋았으랴 싶었습니다. 그러나 이내 생각을 바꾸었습니다. 그무렵 여느 고등학교에서는 이만한 책을 학생한테 읽힐 만한 교사가 마땅히 없었겠구나 싶었습니다. 교과서 진도를 나가야 하고, 대학입시에 목을 매야 하는 숱한 교사로서는 《우리글 바로쓰기》뿐 아니라 아름다운 동화책이나 인문책이나 과학책도 어린이·푸름이한테 읽히지 못할 만합니다.

저는 대학교 첫 학기를 다니며 《우리글 바로쓰기》를 비롯한 이오덕 님이 쓴 책을 하나하나 만나서 뒷통수를 얻어맞은 느낌이라, 이를 또래나 선배한테 이야기했는데 모두 한목소리로 저한테 말하더군요. "그 책 너무 어렵지 않니? 하나도 못 지키겠더라."

또래하고 선배가 들려준 이 말을 듣고 더 놀랐습니다. 바로 대꾸했습니다. "뭐가 어려워요? 저는 다른 인문책에 나오는 일본 말씨나 일본 한자말이 더 어려워요. 쉬운 말을 쓰자는 책이 어떻게 어려울 수가 있나요? 그리고, 이 책이 어려우면 하루에 한 가지씩 살펴서 바로잡으면 되지 않아요? 하루에 한 가지씩 바로잡기가 어려우면 이레에 하나, 이레에 하나도 어려우면 한 달에 하나, 한 달에 하나도 어려우면 한 해에 하나, 한 해에 하나도 어려우면 죽는 날까지 꼭 하나라도 바로잡으려고 하면 되지 않아요?" 이런 대꾸에 또래하고 선배는 마치 입을 맞춘 듯이 한목소리로 대꾸했습니다. "야, 그게 말이 쉽지. 어떻게 그렇게 하냐?"

말이 씨가 된다는 옛말이 있습니다. 참으로 이 말 그대로입니다. 우리는 우리가 이루려는 삶을 늘 말로 내뱉습니다. "그게 말이 쉽지.

어떻게 그렇게 하냐?"하는 말을 내뱉은 또래나 선배는 거짓말 아닌 참말로 《우리글 바로쓰기》에 나오는 수천 가지 이야기 가운데 다문 한 가지조차 받아들이지 않았습니다. 아니, 받아들일 생각을 꽉 닫아 걸었습니다.

'말이 씨가 된다'를 참다이 바라보고 알아야 합니다. '그래요, 어려울 듯해요. 그렇지만 하나라도 해 보고 싶네요'하고 생각하면 참말로 한 가지를 해낼 수 있습니다. 그래서 우리 옛말에 '천 리 길도 한 걸음부터'가 있습니다. 천 리 길만 보면 멀지만, 한 걸음부터 떼고 나면 한 걸음이 줄어듭니다. 한 걸음을 모으고 모으기에 천 리 길이 됩니다.

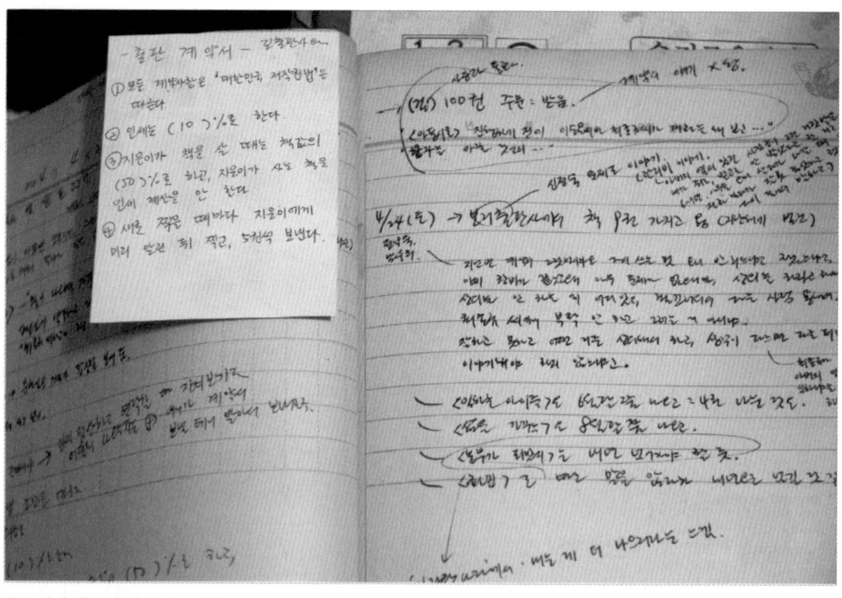

글쓴이가 이오덕 님 글하고 책을 갈무리하면서 쓰던 '일 공책'. 그날그날 있던 일을 적고, 전화를 받거나 들은 이야기를 빠짐없이 적으려 했다.

무너미마을 작은 집을 떠나기 앞서. 글쓴이는 2003년 가을부터 지내던 무너미마을을 떠나 인천 배다리로 옮겨 사진책도서관을 열었다.

누구나 다 그런데 하고 잘못 쓰는 것을 그대로 보아 줄 것이 아니라 기회 있는 대로 서로 잘못을 알리고 충고하고, 그렇게 충고하면 또 고맙게 받아들여야 한다고 본다. (10쪽)

'위치하고 있다'에서 '위치하고'란 말은 전혀 소용이 없는 말이다. '있다'고 하면 될 것을 왜 '위치한다'고 쓰는지 도무지 알 수 없다. 글을 유식하게 쓰려고 하는 헛된 몸가짐이 얼마나 사람들의 마음바탕을 병들게 하고 있는지 생각하게 한다. (84쪽)

소설이고 동화고 수필이고 할 것 없이, 지금 우리 글은 순수한 우리

말인 '웃는다'와 이 '웃는다'를 꾸미는 온갖 아름다운 어찌씨들을 다 쫓아내고, 대신 '미소짓다' 한 가지만 쓰려고 하고 있다. (203쪽)

우리 말로 쓰는 소설에 꼭 남의 나라 말같이 남녀를 구분해서 '그' '그녀'로 해야 할까 … 농사꾼 할머니를 '그녀'라고 불러야 글이 씌어질까. (213쪽)

말을 살려서 쓰고, 살아 있는 말을 써야 하는 것이지, 사전에서 말을 찾아 거기에 맞춰 쓰려니 '꼭 맞는 우리 말이 없다'고 하게 된다. 어느 나라 말이고 완전히 같은 말이 어디 있는가. (225쪽)

가을날 쳐다보이는 가지 끝에 주렁주렁 매달려 있는 감은 하늘에 있는 감이니, 이것은 땅에 붙어 있는 땅감이지. 본래 우리 겨레는 이렇게 좋은 말을 얼마든지 만들어 쓰고 있었던 것이다. (246쪽)

여러분이 아무리 좋은 사상을 얻었다고 하더라도 그것은 남의 나라의 앞선 지식인들이 펼쳐놓은 사상에 지나지 않습니다. 그 앞선 지식인들은 모두 자기 나라 말로 자기 나라 글로 생각을 표현해 놓았다는 것을 명심해야 합니다. (329쪽)

떠난 어른이 어떻게 《우리글 바로쓰기》 같은 책을 써낼 수 있었을까요? 어떻게 열 해 만에 이녁 글버릇을 꽤 많이 바로잡거나 고치면서 스스로 담금질을 해낼 수 있었을까요? 이오덕 님이 남긴 글이나 일기나 책을 보면 이를 잘 짚어 낼 수 있습니다. 이오덕 님은 하루아침에 한꺼번에 이룰 생각을 안 했습니다. 늘 하루에 한 가지씩 해 보겠노라 다짐합니다. 한 걸음에 하나를 하려 했고, 한 걸음에 하나를 하다가 안 되면, 느긋하게 기다리고 지켜보면서 이 하나를 제대로 이루기까지 마음을 기울였습니다.

우리도 마찬가지입니다. 맞춤법을 틀려도 됩니다. 띄어쓰기가 어긋나도 됩니다. 바르거나 고운 말을 못 써도 됩니다. 때로는 일본 말씨나 일본 한자말을 멋모르고 써도 됩니다. 번역 말씨에 길든 버릇을 좀처럼 못 털어도 됩니다. 토씨 '-의'에서 헤어나지 못하면서 헤매도 됩니다. 다만, 하나가 있어요. 생각할 줄 알면 됩니다. 차근차근 가다듬어서 새롭게 피어나겠다고 생각할 수 있으면 됩니다.

이오덕 님은 스스로 글버릇을 송두리째 갈아엎고서 새말을 새로운 씨앗으로 심으려 했습니다. 이 몸짓을 책으로 한 권 두 권 갈무리하면서, 젊은 눈길을 틔우는 디딤돌 구실을 할 수 있었습니다. 이러다가 비로소 우리가 흔히 쓰는 말이 넋을 제대로 담아내어 마음을 슬기로이 펴는 말이 아닐 수 있다고 생각하도록 건드려 주는 씨앗이 되는 책이 나왔습니다. 그래요. 《우리글 바로쓰기》는 씨앗으로 삼을 책입니다. 이 책에 발맞추어 말글을 바로잡거나 고치는 길동무로 삼을 책이 아닌, 우리가 이제껏 한국말을 제대로 배운 적이 없다고 알려 주는 씨앗으로 삼을 책입니다. 한국에서 나고 자라는 사람들이 한국말을 제대로 배우고 슬기롭게 쓸 수 있으려면 남(교사나 지식인)이 아닌 내가 스스로 길을 찾고 배워야 한다는 대목을 알려 주는 씨앗책으로 여길 만합니다.

> 우리 말을 어떻게 해야 살릴 수 있는가 하는 문제는 바로 우리 백성들을 어떻게 살리나 하는 문제가 된다. 나는 여기서 더구나 지식인들의 커다란 깨달음이 필요하다고 본다. 우리 말을 살린다는 것은 바로 우리 말을 백성의 말로 한다는 것이고, 우리 말을 백성의 말로 한다는 것은 우리 사회를 백성의 사회로 만든다는 것이다. (255쪽)

이오덕 님이 쓴 말 책·사전

《우리 문장 쓰기》
1992, 한길사

《이오덕 글 이야기》
1994, 산하

《우리말로 살려놓은 민주주의》
1997, 지식산업사

《우리 말 살려쓰기 하나》
2004, 아리랑나라

《우리 말 살려쓰기 둘》
2004, 아리랑나라

《우리 말 살려쓰기 셋》
2005, 아리랑나라

이오덕 님을 딱 하루 뵌 적 있습니다. 아마 1998년인지 1999년 4월 어느 날이었지 싶은데, 제가 한창 신문배달로 살림을 꾸리며 우리말 이야기꾸러미를 내던 무렵입니다. 자전거를 달려 신문을 돌리며 번 돈으로 혼자 이야기꾸러미를 엮어서 복사하고는 이곳저곳에 나누어 주었는데, 어느 날 이오덕 님 기사를 읽었고, 기사를 읽다가 주소를 알아서, 이오덕 님한테도 이야기꾸러미를 보냈습니다. 이렇게 지내다가 신문사 지국에서 전화를 받았습니다. "거, 최종규라는 젊은이가 일하는 신문사 지국이요?"하고 물으시고는 "내가 고맙게 소식지를 받았는데, 소식지를 읽어 보니 젊은이가 하는 일에 도움이 될 말을 몇 가지 들려줄 수 있을 듯해서 전화를 했소. 그런데 만나서 이야기를 하면 좋겠는데, 내가 몸이 안 좋아서 젊은이가 일하는 곳까지 가기는 어렵고, 젊은이가 내가 있는 곳으로 오면 좋겠는데, 어떻겠나?"하고 말씀하셨습니다.

전화를 받고 화들짝 놀랐습니다. 이야기꾸러미를 읽어 주시고 이렇게 전화를 해 주실지는 몰랐으니까요. 그러겠노라 하고 말씀을 여쭈고 끊는데, 오래도록 떨렸습니다. 이러고서 이오덕 님을 만나기로 한 날, 전철을 타고 서울 이문동에서 과천으로 갔습니다. 이오덕 님이 계신다는 작은 아파트는 나무가 우거져서 보기 좋았습니다. 문을 두들기고 안으로 들어가는데, 문간부터 빽빽이 놓은 책시렁마다 책이 잔뜩 꽂혔습니다. 속으로 생각했습니다. '배움길을 가는 사람이라면 이쯤 되는 책을 읽지 않고는 책을 읽었다고 섣불리 말하면 안 되겠구나.'

이오덕 님 앞에 앉았습니다. 절을 하고 말을 섞는데, 저는 두 시간 남짓 아뭇소리를 못했습니다. 우리 말글을 가꾸고 지키는 일을 하는 젊은이가 대견하다고 첫머리를 여신 뒤에는, 이야기꾸러미에서 어느 대목을 어떻게 바로잡아야 좋은가 하고 말씀하시는데 머리가 온통 어지럽고 아찔하더군요. 여태 이처럼 따끔하면서 즐겁게 가르치거나 알려 주는 어른을 만난 적이 없던 터라, 어떻게 대꾸하거나 말을 섞어야 하는가도 몰랐습니다.

이해 이날 이 일을 겪고서 매우 달라질 수 있었습니다. 이오덕 님은 제 이야기꾸러미에서 딱 두 가지만 바로잡기를 바라셨는데, 그 두 가지가 멋진 발판이 되어 저 스스로 수백 수천 군데를 바로잡도록 이끌어 주었습니다. 누가 알려 주어야 알아채는 잘잘못이 아닌, 스스로 배움길을 걸어가면 저절로 알아내어 기쁘게 고칠 수 있구나 하고 배웠습니다.

이오덕 님 글하고 책을 갈무리하는 일을 하다가 이오덕 님 일기를 찾아냈는데요, 문득 궁금했습니다. 이오덕 님이 저를 만난 일도 일기로 남기셨나 하고요. 그때가 어느 해 어느 날이었나 어림하면서 찾아보니, 저하고 얽힌 이야기도 짤막하게 일기로 적으셨습니다. "뜻있는 젊은이를 만나서 이야기를 하는데 아무 말도 안 하고 얌전히 앉아만 있더라"하는 줄거리였습니다.

2014년 11월 4일에 이오덕 님을 꿈에서 뵈었습니다. 그날 꿈에서 어른을 뵙고 나눈 이야기하고 얽혀 새벽에 곧바로 글을 남겨 놓았습니다.

어떤 일 하나가 나한테 찾아왔다. 이 일을 맡을까 말까 아직 잘 모른다. 예전에 곁님이 나한테 했던 말을 밤에 문득 떠올린다. 잠을 자면서 꿈에서 이오덕 어른을 부르기로 한다. 꿈속에서 이오덕 어른한테 몸소 여쭈기로 한다. 지난밤 꿈속에서 아무 스스럼이 없이 버스에서 이오덕 어른을 뵌다. 어디로 가는 버스인지 모르나, 마흔 줄을 조금 넘긴 무척 젊은 이오덕 어른이 버스 손잡이를 잡고 앉으셨다. 나는 옆에 앉아서 여쭌다. "선생님은 책을 어떻게 내셨어요?" "나를 내려놓았지." "나를 내려놓는 일은 뭐예요?" "성경을 보면 나오지." 꼭 두 마디를 나눈 뒤 이오덕 어른은 어디론가 사라진다. 그러고는 내 앞에 성경이 놓인다. 다시 아무 스스럼이 없이 성경을 펼친다. 왼손으로 왼쪽을 가린 뒤 살짝 손을 치운다. 손을 치운 자리에 "모든 것을 용서하라"라는 글월이 보인다.

꿈에서 뵌 이오덕 님은 저한테 "나를 내려놓았지"하고 "성경을 보면 나오지"하고 두 마디를 남긴 뒤, 꿈에서 성경을 문득 건네주시고는 "모든 것을 용서하라"라는 말을 보여 주셨습니다. 아마 이 세 가지는 저한테 가장 모자라거나 아예 없는 대목이지 싶습니다. 저 스스로 저를 내려놓지 못했고, 살림이라고 하는 성경을 제대로 읽지 않았으며, 모두 사랑할 줄 아는 마음(용서)을 슬기로이 가꾸지 못했습니다.

《이오덕 마음 읽기》는 떠난 어른한테 묻고 되물으면서 저 스스로 새롭게 살림을 짓겠다는 사랑을 찾아나서려는 걸음걸이입니다. 이오덕 님이 남기신 책을 읽으면 이야기를 무척 쉽게 풀어 냅니다. 굳이 어렵게 말해야 할 까닭이 없으니 쉽게 풀어 내시겠지요.

책은 너무 쉽게 읽어서도 안 되겠지만 너무 어렵게 읽어서도 안 될 일이지 싶습니다. 모든 일은 쉽게 하지도 말고 어렵게 하지도 말 노릇이지 싶고요. 이때에 누구나 물을 만합니다. '그러면 어쩌라고?'

이 '어쩌라고?'에 제 나름대로 길을 찾았습니다. '즐겁게'입니다. 쉽게 읽지도 않되 어렵게 읽지도 않는 길이란 '즐겁게' 읽는 길이지 싶습니다. 이오덕 님을 함께 읽을 이웃님도 늘 마음자리에 '즐겁게'를 씨앗으로 놓아 주실 수 있기를 바랍니다.

덧.

글쓴이 이야기

글쓴이 이야기는 앞선 글 곳곳에서도 조금씩 비칩니다. 그러나 글쓴이가 우리말을 살피는 까닭과 지내 온 나날, 이오덕 님 글과 인연 맺은 흐름을 한눈에 알면 독자 여러분이 이 책 배경을 이해하는 데 더욱 도움이 되리라 생각해 글쓴이에게 글을 받아 덧붙입니다. _편집부에서

혀짤배기가 자라 온 나날

저는 혀짤배기로 태어났습니다. 입만 열었다 하면 혀짤배기 소리가 나오기 일쑤였고, 어느 낱말이나 글줄은 말하기 몹시 어려웠습니다. 국어 수업에서 교과서 읽기를 시키면 진땀을 빼면서 동무나 담임 교사한테 웃음거리가 되었습니다. 국민학교 2학년 무렵부터라고 떠오르는데, 더는 웃음거리가 되지 않으려고 머리를 썼습니다. 문득 깨달았는데, 혀짤배기가 소리를 내기 힘든 낱말은 뜻밖에도 한자말이었습니다. 한국사람이 오랜 옛날부터 쓰던 텃말은 혀짤배기도 소리를 내기 수월했습니다. 이를 깨닫고는 전과하고 사전을 뒤져서 교과서에 나온 한자말을 소리를 내기 쉬운 텃말(한국말)로 고치는 놀이를 했고, 교과서 읽기를 시키면 저는 아무렇지 않다는 듯이 한자말은 몽땅 텃말로 바꾸어 읽었습니다. 교과서를 멀쩡히 읽으니 다들 놀라는데, 어쩐지 교과서에 적힌 대로 읽지는 않기에 교실은 웃음바다가 되었고, 담임 교사는 꿀밤을 먹였습니다.

고등학교를 다니던 1991~93년에 국어사전을 첫 줄부터 끝 줄까지 두 벌 읽었습니다. 처음에는 대학입시를 헤아려 국어 시험을 잘 치르려고 읽었으나, 국어사전이 너무 엉터리로구나 싶어, 잘못 읽지 않았나 여기면서 다시 읽는데 참말로 엉터리라, '이 따위라면 내가 써야겠다'고 생각했습니다. 그러나 말다운 한국말을 알려 주는 어른은 없던 터라 뜬구름 잡듯 했고, 이러면서도 통 · 번역 일을 꿈꾸면서 고등학교를 마치고 1994년에 한국외국어대학교 네덜란드말 학과에 들어갔습니다. 한국말·한국문화·네덜란드말·네덜란드문화를 3·2·3·2로 익혀야 제대로 통·번역가 일을 하리라 여기면서 한국말하고 한국문화를 혼자서 익히다가 이때에 이오덕 님 책을 새삼스레 만났습니다. 너무 어려웠지만 숱하게 되읽고 새기면서 시나브로 알아차렸는데, 막상 이오덕이란 어른은 교육자였고 시인이요 문학비평가에 수필가이고 시골 아재인 줄 깨달았습니다.

1994년에 '우리말 한누리'라는 동아리를 열고 '우리말 소식지'를 주마다 두어 가지를 엮어서 돌렸습니다. 소식지를 엮고 복사해서 돌리는 돈은, 대학교 앞 신문사지국에서 신문을 돌려 버는 돈으로 채웠고, 때때로 학보사에 글을 실어 받는 글삯으로 메꾸었습니다. 한국말하고 한국문화를 익힐 적에 도서관 책으로는 턱없이 모자라서 헌책집을 날마다 여러 곳 드나들며 뭇책을 읽고 사면서 익히는데, 이러면서 저절로 헌책방 문화 알림이 노릇도 하고 '헌책방 소식지'까지 덩달아 엮어서 복사하고 돌렸습니다.

1995년 11월에 군대에 들어가 강원도 양구에서 한 해 동안 삽질하고 눈치우기로 보내다가, 상병 계급장을 달 무렵부터 군대에서도 우리말 소식지를 손으로 써서 벽에 붙였고, 1997년 겨울에 군대에서 나와 신문사지국으로 돌아오고 나서는 더 바지런히 우리말·헌책방·책 소식지를 엮어서 나누었습니다. 이런 일을 고이 여긴 한글학회에서 1998년 10월에 한글공로상을 주었습니다. 그러나 상패를 바라며 우리말 소식지를 쓰지 않았기에, 한글학회에서 준 상패는 대학교 동아리방에 남기고 대학교를 그만두었습니다. 통·번역가 일을 꿈꾸며 들어갔으나, 한국에서 대학교는 아무것도 못 가르치는 얼거리라는 대목을 가르쳤다고 느껴, 1998년 한 해 동안 신문방송학과 네 해치 강의를 몰아서 듣고 즐겁게 그만두었습니다.

1999년 봄에 한겨레신문 광고모델을 했습니다. 신문을 돌리는 젊은이가 새롭게 새벽을 열며 꿈을 키운다는 광고였습니다. 대학교를 그만두고 신문배달로 살림을 꾸리며 우리말 소식지를 내는 젊은이를 눈여겨본 한겨레신문 이사 한 분이 "기자를 꿈꾼다면 우리 신문사에 특채로 들어오면 어때?"하고 물었습니다. 그래서 "저는 특채로 들어갈 생각이 없습니다. 특채로 들어갈 마음이라면 대학교도 그만두지 않았겠지요. 저는 시험을 쳐서 들어가고 싶은데, 한겨레신문도 학력제한이 있더군요. 토익점수를 내라는 항목은 학력제한하고 똑같아요. 영어를 잘하는가를 따지려면, 면접에서 영어회화를 하면서 따져야 하지 않나요? 모든 학력제한 · 자격제한을 없애는 한겨레신문이라면 특채 아닌 공채로 바로 시험을 쳐서 들어가겠습니다. 그리고 기자 원서를 내는 자격제한을 모두 없애 주셔요."하고 말씀을 여쭈었습니다.

한겨레신문 이사는 나중에 이사회의에 이 이야기를 안건으로 올렸는데, 다른 이사가 모두 반대해서 자격제한을 없애지 못했다며 미안하다고 말해 주었습니다. 이때부터 '기자 되기'는 꿈바구니에서 지웠습니다.

이해 8월에 보리출판사에 영업부 일꾼으로 들어가서 책을 신나게 파는 길을 배웠습니다. 2001년 1월 1일부터 《보리 국어사전》 편집장·자료조사부장으로 일했습니다. 변산공동체 윤구병 아재가 제발 편집장 일을 맡으라고 해서, "그 자리를 바라는 사람이 수두룩하게 쌓였는데 굳이 저를 데려가서 써야 할 까닭은 없잖아요?"하고 대꾸했습니다. 그분은 "얘야, 다른 사람들 머리에는 똥이 너무 많이 들어서 안 되고, 내가 보기에 너는 똥이 가장 적게 든 것 같아서 너를 쓰려고 해"라고 이야기했습니다. 곰곰이 생각하니 틀린 말은 아닌 듯싶어, 어린이 국어사전 편집장을 맡기로 했습니다.

한국에서 뜻풀이·보기글·풀이말을 몽땅 새롭게 붙이며, 올림말도 교과서 학습 보조 교재가 아닌 어린이 사전다운 사전으로 나아가는 틀을 짜는 일은 처음이라, 다섯 해쯤 걸리리라 생각하고 이 길을 나섰습니다. 그런데 기획·편집·집필 일정은 계획대로 흐르기에 아무 걱정거리가 없었으나, 이익을 얻어야 하는 출판사 살림으로서는 다섯 해를 끝까지 견디기 힘들었나 봅니다. 아무래도 더는 사전 짓는 일을 도맡기 어렵겠다 싶어 그만두고 나가기로 했습니다. 인수인계서를 다 쓰고 아무 할 일이 없이 2003년 8월 31일 마지막 출근까지 기다리던 8월 25일에 이오덕 님이 돌아가셨다는 이야기를 들었습니다. 이때에 '내가 이오덕 으뜸 제자요!'하고 내세우는 글이 이 신문 저 잡지에 잔뜩 실렸습니다. 이런 글을 보고 어이가 없었습니다. 왜 떠난 어른 앞에서 저마다 줄서기를 하면서 잘난 척을 해야 할까? 그런 기림글을 도무지 봐줄 수 없어서, 8월 26일부터 8월 31일까지 이오덕 님 기림글을 원고종이 700쪽 즈음으로 써서 누리신문에 올렸습니다. 이오덕 님이 한 일이 워낙 많아서, 이 어른이 한 일을 갈무리하자면 온갖 갈래로 두루 짚으면서 즐겁게 배우고 새롭게 삭여서 앞으로 우리 나름대로 이 땅에 씨앗을 뿌릴 노릇이라고 여겼습니다.

이렇게 이오덕 님 기림글을 쓰고서 책마을에서 조용히 사라지려 했는데, 이 기림글을 읽은 이오덕 님 큰아들 분이 연락을 해 왔고, 뜻밖에 징검돌이 놓여서, 2003년 9월 끝자락부터 충주 무너미마을에서 지내며 이오덕 님 글하고 책을 갈무리하는 일을 맡기로 합니다. 이 일을 2007년 4월 14일까지 했습니다. 이오덕 님 큰아들 분은 어느 무렵부터 이오덕 님 뜻을 살리는 '이오덕 자유학교'를 열 뜻을 품었습니다. 이러한 뜻을 알고 찾아온 집단 가운데 어느 도시에서 대안학교를 꾸리는 이들이 있었는데, 이들이 해코지를 해서 충주를 떠나기로 했습니다. 이들 집단은 저를 비롯해 여러 교사를 해코지하면서 충주에서 쫓아냈고, 이때부터 큰아드님을 속여서 큰돈을 빼돌리고 달아났습니다. 큰아드님은 교육 사기꾼한테 걸려 온갖 것을 잃고서 세 해 뒤에 저한테 찾아와서 그때 잘못했다고 이야기했습니다.

이오덕 님이 남긴 글을 갈무리하는 일은 2005년 무렵 마쳤습니다. 2006년에는 제 앞길을 어떻게 세워야 좋을는지 모르겠어서 한 해 내내 자전거로만 움직이면서 생각에 잠겼습니다. 추위와 눈바람에 꽁꽁 얼어붙어도, 태풍에 자전거가 망가져도, 그저 자전거로 충주하고 서울 사이를 주마다 오가면서 앞길을 생각했고, 이즈음 인천 배다리에 있는 '아벨서점'에서 젊은 일손을 보태어 주면 좋겠다는 연락을 받았습니다. 인천시에서 인천 중 · 동구 골목마을에 너비 50~70미터짜리 산업도로를 주민 몰래 놓으려고 하기에, 이를 막을 일손이 있어야 한다고 해서, 이 일을 거들려고 인천으로 돌아가기로 했습니다. 그래서 2007년 4월 15일에 인천 배다리로 살림을 옮겨서 '사진책도서관 함께살기'를 열었습니다. 인천으로 살림을 옮긴 뒤 삶을 제대로 바라보도록 따금하게 일깨우는 곁님을 만났고, 큰아이를 낳았습니다. 도서관 살림돈이 없어서 공공기관·지자체 2,000군데 누리집 용어를 순화하는 일을 맡아 여덟 달 가까이 한글학회로 출퇴근하기도 했습니다. 아이하고 지을 새로운 배움살림을 꿈꾸며 시골로 삶자리를 한 번 옮겼고, 2010년 가을~2011년 여름에 '이오덕 자유학교'로 살짝 돌아가서 교사로 지내기도 했으나, 더 깊고 조용한 숲마을을 찾자는 마음으로 2011년 가을에 전남 고흥으로 터를 옮겼습니다.

이즈음 작은아이를 낳았고, 2011년부터 그동안 미루고 살던 한국말사전을 사전답게 제대로 쓰는 길을 걷기로 했습니다. 이러한 일을 여는 첫걸음으로 2011년에 《10대와 통하는 우리말 바로쓰기》를 냈습니다. 뒤이어 2012년에 《사자성어 한국말로 번역하기》, 2014년에 《숲에서 살려낸 우리말》, 2015년에 《10대와 통하는 새롭게 살려낸 우리말》, 2016년에 《새로 쓰는 비슷한말 꾸러미 사전》을 냈습니다. 《새로 쓰는 비슷한말 꾸러미 사전》은 2016년 가을에 '서울 서점인이 뽑은 2016년 으뜸 인문책'으로 뽑혔습니다. 2017년에는《새로 쓰는 겹말 꾸러미 사전》하고《말 잘하고 글 잘 쓰게 돕는 읽는 우리말 사전》을 잇달아 냈습니다.

스스로 돌아보기에 어떤 일을 왜 했는지 아리송하기 일쑤인데, 눈앞에 닥친 일이든 기꺼이 꿈꾼 일이든, 마주한 자리에서 즐거우면서 새롭게 하자는 마음으로 살았습니다. 어릴 적에 혀짤배기에서 어떻게 벗어나야 할는지 모르다가 얼결에 길을 찾았고, 국어사전을 고등학생 적에 통째로 두 벌 읽을 줄 몰랐고, 애써 들어간 대학교에서 꿈을 지우며 그만둔 뒤에 신문배달 일꾼으로 지낼 줄 몰랐고, 이러다가 신문사 광고모델을 하거나 우리말 소식지를 내어 상패까지 받을 줄 몰랐고, 고졸 배움끈으로 출판사 일꾼이 될 줄 몰랐고, 배움끈도 사람끈도 없는데 사전 편집장이 될 줄 몰랐고, 이오덕 님하고 아는 사이도 아니었는데 이 어른 글하고 책을 갈무리하는 일을 맡을 줄 몰랐고, 도서관을 더구나 사진책도서관을 열 줄 몰랐고, 곁님을 만나 아이를 낳는 살림을 지을 줄 몰랐고, 시골에 삶터를 마련할 줄 몰랐고, 손수 새로운 한국말사전을 써낼 줄은 도무지 몰랐습니다. 이러한 길을 고이 지켜보면서 돕는 이웃님을 만날 줄도 몰랐습니다.

다만 늘 한 가지는 알았습니다. 저는 혀짤배기로 태어났고, 대단히 여려서 쉽게 골골 앓는 몸으로 태어났으며, 딱히 뛰어난 머리가 아닌 채 태어난 줄 알았습니다. 그래서 모자라고 못하고 안 되는 몸이나 마음이니, 늘 누구한테서나 배우며 살자는 생각이었습니다. 배우고 배우다 보니 어느새 오늘 같은 일을 합니다. 여태 누구를 가르친 적이 없다고 느낍니다. 여태 누구한테서나 배우고 살았다고 느낍니다. 앞으로도 누구를 가르칠 일이란 없을 테고, 누구한테서나 배우면서 즐겁게 하루를 노래하는 살림을 짓는 길을, 숲집을 가꾸는 꿈으로 한 걸음씩 내딛으리라 봅니다. 비록 오늘 이 보금자리에 너른 숲하고 멧자락이 없지만, 곧 숲하고 멧자락을 누리면서 곁님하고 아이들이 숲이랑 멧자락을 마시고 무럭무럭 삶을 노래하리라 꿈꿉니다. 그래서 '사전 짓는 책숲, 숲노래'라는 도서관을 꾸리고, 이 서재도서관을 '사진책도서관+한국말사전 배움터+숲놀이터'라는 세 가지 배움자리로 삼습니다.

이오덕 님 책을 짓던 나날

이오덕 님이 떠난 지 한 달 뒤인 2003년 9월부터 이오덕 님 글하고 책을 살피며 한글파일로 옮기는 일을 하는데, 어느 출판사에서 그해 11월에 불쑥 이오덕 님 책을 무단출간했습니다. 이오덕 님 유족한테도 그 책에 함께 지은이로 오른 분한테도 허락을 안 받고 몰래 펴내어 얼마나 팔았는가도 밝히지 않았는데, 갑작스레 닥친 이 일 때문에 이오덕 님 글갈무리를 미뤄야 했습니다. 그 출판사에 내용증명을 보내고, 이를 따지는 글을 써서 누리신문에 올리고, 이 잘잘못을 바로잡는 데에 두 달쯤 들었습니다.

이다음으로는 이오덕 님이 출판사에 절판 통보를 했어도 그냥 펴내는 몇몇 출판사에 연락을 해서 왜 이오덕 님이 편지(내용증명)로 알린 대로 안 하느냐고 묻는 일을 해야 했습니다. 몇몇 출판사는 글삯도 안 주고 판매보고도 오랫동안 안 했는데, 이에 이오덕 님이 숱하게 따졌으나 그냥 마구 책을 내어 팔았습니다. 어느 출판사는 책이 더 안 나오게 했으나, 끝까지 아랑곳하지 않는 곳도 있었습니다.

이오덕 님은《우리글 바로쓰기》(한길사)가 너무 오래된 글이라서 절판하고 새롭게《우리 말 살려쓰기》라는 이름으로 묶고 싶어 했습니다. 새로 엮어서 내려고 모은 글꾸러미에, 곳곳에 흩어진 글을 찾아내어《우리 말 살려쓰기》 세 권을 2004년 8월부터 2005년 8월 시이에 엮어서 내놓았습니다. 이다음으로《이오덕 바로쓰기 사전》을 엮으려고 생각하면서 차근차근 자료를 모으는데, 이 일은 끝맺지 못했습니다. 그러나 '이오덕 바로쓰기 사전'은 내지 못하더라도, 이오덕 님 글을 갈무리하면서 배운 결을 살려서 여러 사전을 썼으니, 떠난 어른이 저 숲바람을 타고 노래하시면서 부디 너그러이 헤아려 주시기를 빕니다.

이오덕 님이 삶과 숲을 이야기하는 글을 모으고 엮어서 2004년 6월에《나무처럼 산처럼 2》(산처럼)가 태어나도록 이끌었습니다.

2005년 11월에《내가 무슨 선생 노릇을 했다고》를 삼인 출판사에서 냈습니다. 이오덕 님은 예전에 쓴 글을 '우리글 바로쓰기'에 맞게 손질하지 않고서는 책으로 낼 수 없다는 뜻을 남겼습니다. 그래서 이 책은 이오덕 님이 쓴 '우리글 바로쓰기'에 따라, 또《농사꾼 아이들의 노래》 말씨를 살펴 글손질을 해서 내놓았습니다.

이오덕 님이 손수 세운 출판사인 '아리랑나라' 이름으로《어린이를 지키는 문학》,《거꾸로 사는 재미》,《입으로 말한 시》,《까만 새》,《우리도 크면 농사꾼이 되겠지》,《참꽃 피는 마을》 같은 책을 새롭게 엮어서 내놓았습니다.

이오덕 님 일기 꾸러미를 찾아내어 복사하고 스캔받아 놓았습니다. 이 일기책을 펴낼 출판사를 알아보는데 덩치가 클 뿐 아니라, 옛날 글이라서 하나같이 손사래를 쳤습니다. 나중에야 한 곳에서 책을 내기로 해 기꺼이 일손을 돕겠다고 했습니다. 그런데 어느 날부터 출판사에서 연락을 뚝 끊더니 다른 단체가 편집을 맡고는 전집이 아닌 선집으로 책이 불쑥 나왔습니다. 이 때문인지 책에는 그 단체(또 그 단체하고 가까운 출판사)와 얽힌 이야기가 거의 다 빠졌습니다.

이오덕 전기나 평전을 쓰라는 말을 유족한테서 으레 들었지만, 글갈무리하고 책갈무리에만 마음을 쏟은 뒤, 그 일은 굳이 안 맡겠다고, 이오덕 님 글하고 책을 제대로 갈무리해서 남겨, 앞으로 누구이든 이오덕 님 전기나 평전을 쓸 수 있도록 하는 몫으로 그치겠다고 이야기했습니다.

이오덕 님 책을 펴내면서 글삯을 제대로 주지 않은 다른 출판사하고 저작권·저작권표시 문제를 놓고 한 해 넘게 긴 실랑이를 벌였습니다. 그 출판사에서 한 해가 지나고서야 비로소 사과편지하고 배상금하고 새 인세계약을 하겠다는 글월을 띄웠으나, 터무니없는 조건을 말했습니다.

이오덕 님이 쓴 글을 책으로 내면서 이오덕 님한테 말하지 않고 글을 잔뜩 고쳐서 낸 또 다른 출판사에 편집부에서 고친 글을 이오덕 님이 바로잡기를 바란다는 편지를 보냈는데도 왜 여태 안 고친 채 그대로 내느냐고 따졌습니다. 몇 차례 따졌으나 바로잡히지 않았습니다.

이오덕 님이 남긴 시를 유고시집으로 묶을 적에 도종환 님이 원고 검토를 맡았습니다. 유고시집을 처음에는 실천문학사에서만 내려 했으나 한길사 김언호 대표가 꼭 한 권은 한길사에서 내고 싶다고 해서, 실천문학사·한길사가 한 권씩 내기로 했습니다. 시집을 같은 때에 맞추어서 내기로 했으나, 한길사가 늑장을 부린 나머지, 실천문학사가 2005년 4월에 먼저 《고든박골 가는 길》을 내고, 한길사는 2005년 8월에 《무너미마을 느티나무 아래서》를 냈습니다.